受伤的机器人

SHOUSHANG DE JIQIREN

CCTV

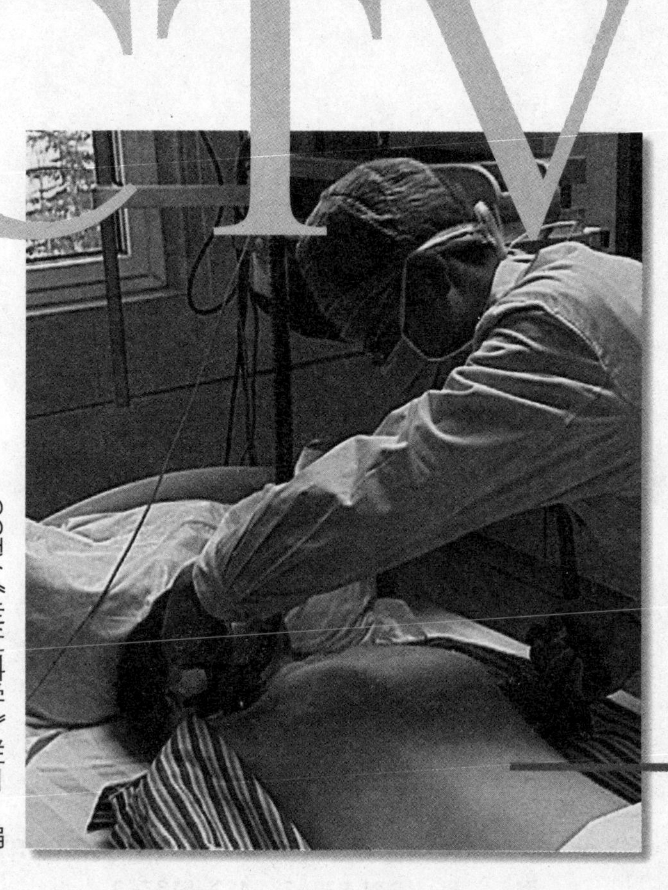

CCTV《走近科学》栏目 编

上海科学技术文献出版社

图书在版编目（CIP）数据

受伤的机器人 / 中央电视台《走近科学》栏目组编.
—上海：上海科学技术文献出版社，2012.1
(走近科学)
ISBN 978-7-5439-5167-9

Ⅰ.①受… Ⅱ.①中… Ⅲ.①电视节目—解说词—中国—当代②机器人—普及读物 Ⅳ.①I235.2②TP242-49

中国版本图书馆CIP数据核字(2011)第273611号

责任编辑: 张 树 李 莺
封面设计: 钱 祯
文字加工: 姚雪痕 走 走 陆 艳 黄 星

走近科学·受伤的机器人
中央电视台《走近科学》栏目组 编
出版发行：上海科学技术文献出版社
地 址：上海市长乐路746号
邮政编码：200040
经 销：全国新华书店
印 刷：昆山市亭林印刷有限责任公司
开 本：740×970 1/16
印 张：11.5
字 数：185 000
版 次：2012年1月第1版 2012年1月第1次印刷
书 号：ISBN 978-7-5439-5167-9
定 价：25.00元
http://www.sstlp.com

目录

CONTENTS

CCTV 10
中央电视台

受伤的机器人

2011年2月9日，一位突发急性心肌梗死的患者，被快速地推进西京医院的急诊中心。

患者突然发生心肌梗死，出现室颤，立刻开始抢救。

其实这一天对于很多人来说，都是非常普通的，对于大夫们来说，同样也是一个很普通的日子。只不过在这个普通当中最大的不同就是，他们要不断地去面对生死，尤其是生与死之间的这个特殊阶段。

我们都知道，心肌梗死是一种中老年人常见病，按照现在流行病学的统计，心肌梗死已经成为导致中老年人猝死的最重要的原因之一。这种疾病让人的心肌突然之间就失去了正常运动的功能，而人全身上下所有的细胞都要依靠心脏输出的血液进行代谢。心脏不跳动，血液也就停止了供应，那可怎么办？现在，这位患者在路上已经是半个多小时了，到医院之后又进行了二十多钟的抢救，他还有希望吗？

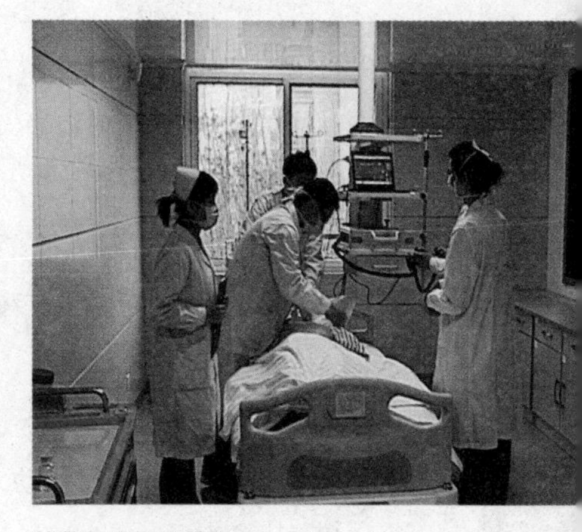

抢救医用机器模拟人1

尹文（第四军医大学西京医院急诊科主任）：这位患者属于严重的下壁心肌梗死，我们立即对他进行气管插管、胸外按压、建立静脉通道、心电监护、吸氧等措施。

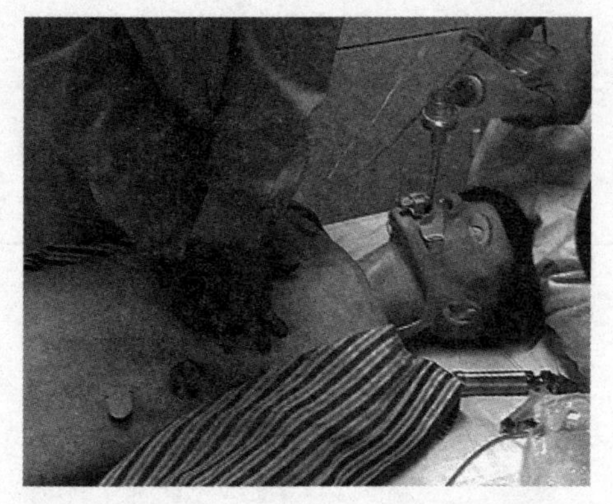
抢救医用机器模拟人2

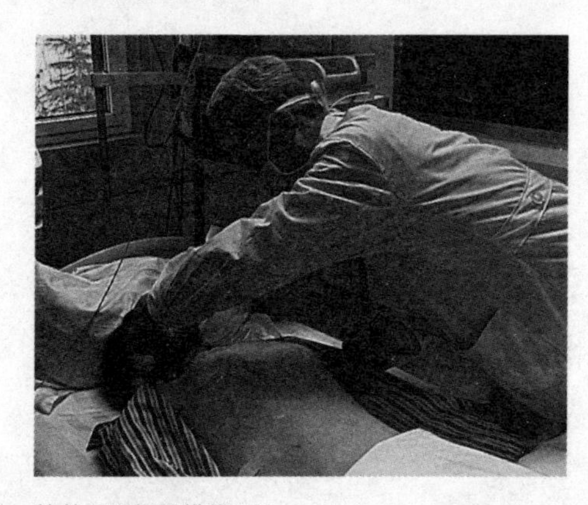
抢救医用机器模拟人3

尹文：这个患者的情况非常严重，120急救车将他送来医院时，血压低到几乎测不到，高压也只有50，且同时还出现了心源性的休克，伴随意识障碍。像这样的患者死亡率往往是95%以上，是很难救活的。

心率为0，直线……

抢救时间已满半小时，患者心率始终没有恢复，抢救失败。

这是一次失败的抢救，对于急救小组的每个成员来说，都是一个沉重的打击。

徐宁（解放军第四军医大学博士）：看着一条生命就这样消失在面前，就这样死亡了，我很自责。

不过，这次抢救也是一次特殊的抢救，实际上是第四军医大学的学生在接受一次抢救的考核，他们抢救的是一位生病的机器人，它的名字叫安思义，是一位高端的医用机器模拟人。安思义的特殊就在于它是有"生命"的，急救小组的所有成员都是第一次参与这样的抢救，徐宁是这个小组的指挥者。

徐宁：当时感觉很紧张，自己没有遇到过这种情况，也没有任何经验。

因为没有经验，第一次抢救以失败告终，急救小组的每个人除了难过之外，就只有寻找失败的原因了。

徐宁：我认为还是错在环节上不够流畅，反应不够迅速。

李剑：配合上不够熟练，延误了抢救时间。

在连接安思义的电脑上也显示，抢救时间已经超过了30分钟，学员们始终没有让安思义的心脏恢复自主跳动，才最终导致它的死亡。因为延误时间而导致抢救失败，这几乎让急救小组的成员都无法接受。

徐宁：本来可以有机会去救他，现在却没有做到，我想这种心情不止是沮丧，甚至觉得有一种罪恶感。

虽然这是老师给他们出的一次考题，可是对于所有的学生来说，这不仅是一次考试，也是一次真正的抢救。

杨佳涛（第四军医大西京医院临床培训中心主任）：有了这个高端模拟人，就可以锻炼学生的综合能力，包括临床思维、分析病情、急救能力、各种仪器设备使用，以及团队协作。这是一个综合能力的训练，在欧美等国家，通过高端智能模拟人的考试，是决定医学院学生能否进入临床的一项权威指标。

实习医生往往具有非常丰富的理论知识，却缺乏实践经验。一旦患者症状表现得不像医书列的那么明确，比如是不是咳嗽，是不是胸闷等等，可能还伴随着其他的一些症状。这个时候，实习医生可能就会不知道该怎么办了，尤其是一些患者神志不清的时候，往往耽误治疗的时机，这也容易引发医患之间的矛盾。

可是，永远不让年轻大夫看病，他们什么时候才能真正地成长起来？那些大牌医生不也是从实习大夫一点一点，通过自己的努力才做到了这个位置的吗？因此，在国际医学教育界就推出了这样一款机器人，很好地解决了这个问题。通过机器人，实习大夫们可以理解到什么叫理论联系实际，同时也可以去调整自己的心理状态。

为了让学生体验安思义的神奇，老师又为急救小组，设置了同样的抢救训练。

有了上次的经验，这次急救小组的成员配合得非常默契，抢救也在有条不紊地进行着，可是突然尚医生发出一声惊叫："出汗了！"

徐宁发现"病人"除了有出汗的现象，并没有再出现别的情况，抢救也在顺利地进行着。当全部的抢救步骤完成之后，急救小组所有人都紧张地注视着安思义。时间一分一秒地走着，可是最终安思义的眼睛还是没能睁开，心脏没有恢复跳动。

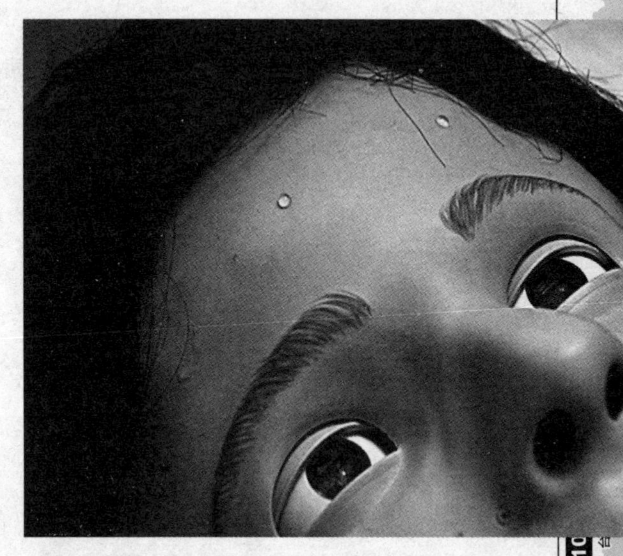

医用机器模拟人出汗了

这次抢救一共耗时31分钟，抢救时间超过30分钟，患者自主心率仍未恢复，抢救失败，“患者”死亡。

急救小组的所有成员都很纳闷，抢救步骤都对，为什么安思义还是没被救活？尤其是作为指挥者的徐宁，更是百思不得其解。

徐宁：我们觉得从整个发现及时到开始抢救的迅速性，以及各种操作中按压，包括感觉都是非常有效的，但是为什么还是导致死亡了呢？

如果所有的环节都没有问题的话，安思义就应该活过来。事后徐宁回顾抢救的整个过程，胸外心脏按压的时间吻合，只是有时按压深度不够，但不会导致死亡；气道畅通，注射药物的时间也对。为什么抢救会失败呢？突然徐宁想到在抢救过程中，安思义曾经出现过一次意外情况。

在以往的抢救中安思义从没有出现类似的生理反应，而出汗也是在抢救过程中不该出现的。检查安思义出汗的时间，应该是在第二次注射肾上腺素之后，这时其中一个细节引起了徐宁的注意。

护士在进行第二次肾上腺素注射时，剂量明显要比第一次少了很多，而这就是导致安思义死亡的真正原因。

徐宁：我们后来复习监视程序时才发现，原来是在给药的过程中，给药的剂量发生了错误。

王一卓：当时觉得好像有一个环节，没有核对清楚指挥官所给的口令，这时我原本应该跟她核对，到底药物是不是需要稀释，可是当时疏忽了这个环节，这就导致了这样的失误。

由于护士过于紧张，把1毫克肾上腺素打成了0.1毫克，这样的差错就导致了患者死亡。急救小组每个人都很难过，可是这一点也让他们内心非常震撼。

李剑：作为医生，急救过程中任何的操作都关乎患者的生命。

徐宁：尤其像这种万分紧急的情况，任何一丝一毫的差错，都有可能导致最坏的结果。

尚民龙：虽然这只是一个模拟人，但这个结果对我的心理也是一次很大打击。

这一点我们不得不佩服安思义的神奇，他不仅能够接受输液治疗，而且还能够判断药物的不同剂量。可是如此细小的误差，他是如何识别的呢？

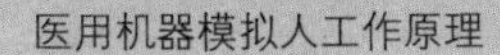

医用机器模拟人工作原理

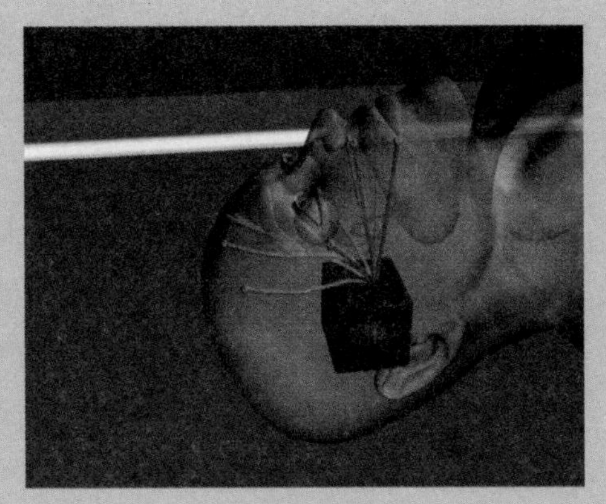

医用机器模拟人头部工作原理

其实这就是安思义的高端和灵敏的具体体现，所有的奥妙就是安思义利用了一种无线射频识别技术。在右臂注射液体的部位里有一个射频接收和发射装置，它利用射频识别技术来识别药物的名称、浓度和剂量。

尹文：这个模拟人的技术参数非常多，如果按压的幅度稍微不对，深度不对，或者部位不对，都能在电脑上显示出来，并会及时报警。

可是通常机器人都是金属和线路板等组合而成的，液体对于机器人来说是大忌。为什么安思义却能摆脱液体对他的威胁呢？他出汗、流泪、流口水是如何做到的？打开安思义的内部，我们才发现，原来这些生理反应是两次抢救同一个病因的患者结果导致的，如果是活生生的人，那此刻可是追悔莫及了。由此我们也可以看到，医学上绝对来不得半点马虎，即便是一个小小的动作，或者剂量上微小的一点变化，都可能导致出现生与死两个不同的状况。

不过，这个患者只是机器人，是凭什么来判断医生注射的是什么药，是青霉素还是头孢？专家说，其实每次给安思义注射的都不是真的药，而是生理盐水，那就更加神奇了，他到底是怎么判断出是什么药的呢？

问题的关键就在于，安思义采用了一种无线射频技术，在注射之前，比如说这次要注射的是去甲肾上腺素，这个时候医生就要把标签贴在注射部位，并把贴有红色胶布标签的部位晃一下。这里面有个接收器，能接收里面的识别信号，同时传给主控电脑，由主控电脑再确认，所注射的药物到底是不是治疗这种病的。

如果注射正确，电脑就会指挥安思义做出正确反应；如果注射错误，电脑就会指挥安思义做出濒死状况，比如瞳孔开始放大。在这种情况下，对年轻大夫来说，提高他们的临床实战经验实在是太好不过了。

面对着两次失败，接下来这些年轻大夫又该怎么去做呢？

其实在西京医院培训中心里，医用模拟人非常多，有用于训练野战抢救的模拟人，也有用于临床基本技能的，还有用来听心音的机器人，可以让实习医生听到一百三十多种心音，有些心音可能是一位临床医生一生都听不到的。这些模拟人和安思义相比较，可是有天壤之别的。

如今在整个急救小组成员眼里，安思义俨然是一个具有“生命”的机器人，抢救他就和抢救真的患者似乎是一样的。

徐宁：这个过程真正让我们体会到了治病救人的紧迫性，而且在急救过程中，我们可以看到病人的各种反应，如果抢救效果不理想，没有达到预期反应，对于我们来说既是一种挑战，也是一种锻炼。

齐凤宇：虽然说他只是一个模拟人，但是我觉得这跟处理一个真实的患者没什么两样，因为对于我们来说，机会只有一次。

如今能否救活安思义，成了急救小组是否能成功走上临床的一项测试。同一个急救小组，在经历了两次失败以后，第三次抢救会怎么样呢？

这次在规定的抢救时间内，所有的成员配合默契、完美地完成了抢救工作。当停止所有抢救动作后，急救小组的成员都压抑着内心的激动，静静地注视着安思义的反应。

患者自主心率恢复，抢救成功……

而这时更令人惊奇的现象出现了，徐医生竟然直接和安思义说起了话。

医生：今天感觉怎么样？

机器人：感觉不舒服。

医生：哪里不舒服？

机器人：头痛，胸前部也痛。能好吗？

医生：能。

机器人：我怎么觉得这么不舒服呀？

医生：谁做完手术都会不舒服啊。

机器人：什么时候能好呀？

医生：过两天就好了。

机器人：好，谢谢。

原来机器人本人并不能对话，为了配合学生的实习，是主控台上的老师在说话，而老师所操作的这台电脑，其实就是安思义的大脑。安思义的所有动作、反应，都是由它控制的。打开安思义的身躯，我们所能看到的就是复杂的管线和金属板等，主控电脑和机器人则是利用无线射频识别技术来传输数据的。从而能让安思义做出各种逼真的生理反应，甚至瞳孔的光反应和抽搐这样的动作。

张西京（第四军医大西京医院麻醉ICU主任）：这种机器人的最大特点就是仿真性，因为他有生命体征，所以他对药物，以及医生的一些治疗能够产生反应，能模拟出真实的情况，可以对学生的错误进行纠正并进行评估，这样使实习医生在以后的实践过程中，避免出现类似的错误。

安思义的高端就是整个抢救过程，每个步骤、每个动作是否正确，在电脑中都可以清晰地看到，老师也可以掌控每一个环节。

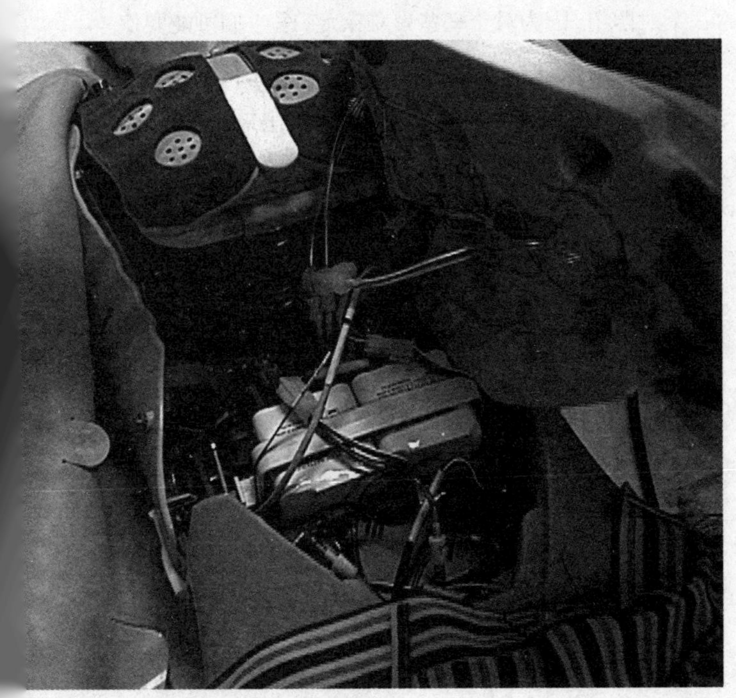

医用机器模拟人的内部构造 1

熊利泽（第四军医大学西京医院院长）：这种高级模拟人最大的好处是能够通过他训练实习医生的技能，训练他们的判断能力，当他们到了临床以后，遇到类似的场景时，自信心会更强。

安思义利用他逼真的生理反应、灵敏的判断力和可多次的重复性，大大提高了临床医生的操作技能和临床应变的心理素

医用机器模拟人的内部构造2

质，为临床医学作出巨大贡献。

看到这个非常逼真的模拟人，我们不得不感慨现在高科技的力量，一个模拟人不仅有瞳孔放大的表现，还有出汗、流眼泪这种模拟程度非常高的反应。

过去，中医里面有专门讲经络的学道同人，这个恐怕是医用模拟人最早的实例，并且得以沿用至今。而今，安思义这类机器人的出现，更进一步加大了模拟的程度，不仅可以给医生们练习，也可以作为真正治疗时的一个对照组，因为对于一些疑难杂症，医生们可能要使用一些超乎常规的方法，或者从来没有使用过的一些药物治疗方案。如果把相应的信息输入到安思义体内，按照医生们自己创造出来的或者结合别的创新出来的方法，在他身上先试一试，一定会大大提高治疗效果。

希望这一天能够早日到来，也希望人工智能技术的快速发展给模拟人的应用带来一个更加翻天覆地的变化。

（王卫华）

震不倒的房子

今天是5·12大地震发生3周年的纪念日，在那场地震中，我们失去了8.7万个同胞的生命。可以说那场地震至今都是国人心头的一道深深的伤口。当地震发生的时候，有一个明显的特征就是房倒屋塌，这时候大家考虑的首先就是我家居住的房子安全不安全。的确，建筑的安全关乎每一个人的生命，这是从地震中得到的教训。

为此，我们特意再次回到了汶川地震的现场，希望能够根据当时的资料，找到一些在地震中没有被震倒的房子，看一看排除掉偶然因素之外，里面有没有一些必然的原因。

清明节刚过，我们来到汶川地震的重灾区北川。这个被地震残忍摧毁了的城市，让人们对这里房子的印象刻骨铭心。

震后废墟

赵凤新（中国地震灾害防御中心研究员）：有的人说地震本身不杀人，就是房子杀人。这个说法不无道理，每一次地震的人员伤亡，几乎全都是由于建筑物破坏带来的。

除了次生灾害，地震的魔鬼之手主要是由于房子倒塌伤害生命的。而面对那些房屋主人自己建造的农居，我们更要追问，辛辛苦苦建造的家园，为什么反过来成了伤害我们的凶手？农居为什么在地震中显示出如此严重的损毁呢？

赵凤新：在我国，不仅农村面积大，相对来讲农村的房屋质量也要差一些，所以在地震中农居的破坏占整个地震破坏中很大一部分。

农居既然是现有住宅中最薄弱的环节，那么它的问题出在哪里呢？它为什么经不住地震的摧残？在北川这样的地震重灾区，有没有经得住考验的农居呢？

沿着北川的后山往上爬，我们看到从山顶滚下的巨石砸坏了路边的房子。眼前的景象告诉我们，这里在地震时一定发生过什么。

这时迎面来了两位村民，通过询问他们，记者得知，这里的地势在地震那一刻全都变了，眼前这个小山就是地震时从地下突然冒出来的。

安心灵（绵阳市防震减灾局副局长）：这个高差是很大的，而原来底下的路是平的。

沿着新隆起的山脊往前走，一座四层楼出现在脚下。一位叫周继新的村民说，下面那幢房子是他兄弟周继忠的。

周继新指给我们看，兄弟周继忠家楼房墙角的地面，现在已经被搬到山上来了。

周继新：这个位置和那个房角是对齐的。

记者：和房子的底是齐的？

周继新：嗯，房子的角以前是齐的，都在一个平面上，现在差了9.8米高。

从地下升起的强大力量紧贴着周继忠家墙角，一瞬间把地面拱起将近10米，但旁边的这栋楼房却依然神奇地站立着。如果不是门窗被拆掉，粗看上去甚至看不出它受过什么破坏，这座楼房有什么神奇之处呢？

周继忠是地震前搞建筑的老板，所以他自己的房子修得挺好。

据周围的人介绍，房屋主人一直从事建筑工作，所以给自己盖房子时既结构讲究、用料也讲究。因为隆起的地面把周继忠家大门紧紧挡住，我们无法进去观察，只能在外面寻找有什么特点。在脱落的瓷砖下，我们看到了农居中少见的构造柱和圈梁，勾连在一起的粗壮钢筋，结实的混凝土把墙壁和楼板紧紧连成一体，以抵御住大地震的破坏，从而保护住了房子的毁坏。

站立在北川山上的这座房子显示了一个奇迹，但房屋主人特殊的专业背景，会不会让这座房子成为一个特例呢？地震灾区还有没有更多没有倒塌的农居呢？我们继续在灾区寻找。

汶川地震的另一个重灾区——都江堰，也在同一条地震挫断的地形附近，我们见到两个村庄，分别是高原村的3组和4组。这两个相隔500米的村庄，在地震后却出现了不同的景象。

苟仕喜（4组村民）：村里的房子全垮了，就连地震前刚修的房子也没剩下。

贾毅（3组村民）：地震时房子颠簸得有点厉害，里面尽是地砖挤烂了两块，房子整体没有大碍。

为什么相距不远的地方，相差会如此之大呢？同样经历了大地震，为什么3组四十多栋房子全都完好无损呢？我们观察到，3组的房子墙厚梁粗，每座房子都有构造柱和圈梁支撑，这个组的房子为什么如此结实呢？我们在现场观察4组和3组的房子，它们在外观上最明显的差别就是3组房子的墙体更厚。因为墙体厚度增加了一倍，它的刚性就增强了。

地震中没有被损坏的房子

3组的房子墙厚梁粗，全都由构造柱和圈梁来支撑，因此这个组的每座房子都如此结实。

王贤平（3组长）：2005年的时候搞新农村建设，我们这个组是当时的试点。

程涛（都江堰村镇建设局副局长）：这个点是7度设防，它的图纸是由正规的设计单位统一设计的，经过图纸审查，施工的时候也经过严格质量控制。

原来，3组的房子不是农民自己盖的，因为以前的房屋破旧，汶川地震前政府请专业建筑队伍重建了全村住宅。

地震中没有被损坏的房子

记者发现，地震后存留下来的这些房子，或者是有相关的建筑人员进行过具体指导，或者是政府请专门的建筑公司来修筑，保证了能够抵御地震的威胁。而倒塌的房子大多都是农民自己盖的房子，这些房子虽然表面上看起来很好，但是缺乏相应的一些抗震设计的理念，当地震来临的时候，经不住大地颤抖，发生了倒塌事件。

关于这一点，我们在盈江也得到了进一步印证。

就在我们前往四川寻找震不倒的房子之前，我国西南边陲盈江刚刚发生了5.8级地震，因为震中就在人口密集区，给不少家庭带来了不幸，那里的房屋也损毁严重。虽然震级无法与汶川相比，但因为地震刚刚发生，受损的房屋还保留完整，所以我们决定到那里去找一找房屋倒塌的原因。

拉勐寨在盈江地震的震中，年轻的金小四是拉勐寨的村民小组长，地震之前的几年里他有一个任务，就是推广一个当地政府的鼓励政策。

王帆（盈江市地震局副局长）：比如哪一户农户需要建房，我们就去做宣传，指导他盖上达到抗震要求的房子。只要达到了要求，我们就给一户补助1万元资金。

可是这个政策在村寨里并不好推广，虽然云南是地震多发地区，但盈江以前发生的大地震并不多，大家都觉得地震离自己很远。几年下来，村里56户人家中只有6户按照抗震标准盖了房子，其中最后一座，就是金小四去年自己盖的这栋房。当时房子

构造示意

符合标准的抗震房

盖好,还受到了村里人笑话。

金小四:大家都嘲笑我,说农村不必要浪费这么多资金来建造这种房子。

村里人盖房子多的花上六七万元,少的只花三四万元,可如果按照抗震标准盖房,价钱可能就要翻番,即便是补助1万元,村民们也觉得不划算,所以很少有人愿意接受补助。

金贺朝(村民):这次地震对房子毁坏挺严重的,如果当时盖房的时候再结实点可能就要好一点。当时没有意识到会地震,另一个也舍不得花这笔钱。

3月10日盈江发生的5.8级地震,对拉勐寨的房子进行了一次考验。金小四当时没在村里,他最惦记的就是自己家怎么样了。

构造柱示意图

金小四:地震刚结束,我就跑回家来,进村子里一看,全都变成了废墟。幸运的是,我的房子完好无损,辛辛苦苦花了许多钱,总算是没有白费。

地震让寨子里发生了最具有警示意义的事情:全村56户人家的房子中,只有那6户按照抗震规范建造的房子,还完好地站立着,而其余房子几乎都不能居住了。

与前两处震不倒的房子不同,这6栋房子都是普通村民自建的,他们没有建筑方面的专业知识,仅仅是按照政府的抗震要求来建造的,这件事让人们理解了盖符合标准的抗震房的意义。

金小四:现在村里差不多有百分之七八十的人都来问过,为什么我家的房子没有塌。

许多村民表示,以后再盖房子的时候,一定要盖成像金小四家的那样。

金小四家那种房子、北川的房子、都江堰的房子,虽然它们的建造者不同,但采访中我们了解到一个共同之处,那就是它们都是按照抗震设防标准建造的。

那么,抗震设防标准又是什么呢?

我国根据不同地区可能会发生的地震造成的威胁,把它分成了四个区度,分为6度区、7度区、8度区,最高的是9度区。与之相对应的,也要求各地政府在颁布建房标准的时候，要符合所处的那个区度中的一些抗震建筑的具体要求，比如墙体应该是多厚，哪些地方需要加强，哪些地方得用什么样的材料、用多少等等。

比如都江堰高原村3组那些房子，为什么能够保存下来，其实就是在政府的宣传和补贴下，这几户人家踏踏实实地按照相关的建筑设计要求做到了这个标准，因此地震来临的时候，这些房子才能完好无损。这也说明，我们要相信科学，要按照科学去办事。

按抗震设防标准建造的房子屹立不倒，不按标准建造房子为什么就容易倒塌？这是偶然现象还是有其必然规律？房子里到底有什么秘密？

在熟悉抗震设防标准的专业人士眼里，倒塌的房子都有建筑上的缺陷，在地震后的现场，能不能从抗震设防标准的角度来观察一下房子？看看那些房子为什么会倒塌呢？

王继涛（盈江县村镇建设局技术员）：这座房子虽然有钢筋，可只是一块板体，只有顶部一点钢筋，它的墙体上没有设圈梁和构造柱，板体和墙体之间没有形成一个整体，所以当墙体倒了，板体也就跟着一起倒了。还有那个墙的拐角，如果是新房，按照抗震设防来建的话，这个地方应该是构造柱，而现在它却没有。不仅如此，它里边连钢筋都没有，砖就是这样直接摞上的，互相之间连咬合都没有，很不规范。

当房子倒塌后，我们才能见到房子里边的样子，这真让人大吃一惊。我们生活的大部分时间都置身于房子里，而房子居然有这么多的隐患。由此可见，建造房屋绝不是一件儿戏，但怎样才能建造出震不倒的房子呢？

为推进农居安全问题的解决，各地都为农民专门设计了各种房型的施工图纸。但农村房屋都是各家请工匠建造的，

高陵县防震减灾科普馆

他们不用图纸，也没有安全监理。农居到底应该怎么盖？怎么能让一辈子只盖一次房子的农民，弄懂房子的结构、盖起安全的房子呢？陕西省的高陵县在这方面想出了一个办法。

在陕西省高陵县，有一个县级的防震减灾科普馆。除了介绍地震知识，一楼展厅里盖起了一间砖房，这间砖房和防震减灾有什么关系呢？

石文刚（陕西省高陵县科技局局长）：我们有一个目的，就是让农民成为自建房的监理，好多农民在建房子前，来这里看一看，可以学到一些相关知识，让他们感触颇深。

在科普馆里，我们看到一位房主正在向专家请教自家房子的安全问题，给他做讲解的是长安大学搞抗震农居研究的王毅红老师。

王毅红（长安大学建筑工程学院教授）：我们在指导农民盖房子的时候，让他来这里看看是很有好处的。我们的构造柱是这样做的，先绑一个钢筋龙骨，四根钢筋在角上，然后用箍筋把它箍起来，把钢筋放到相应的位置上，然后开始砌墙，每隔750毫米，就放两根钢筋。钢筋从构造柱中间穿过去，两头压在墙的灰缝里，等墙砌好了以后，在中间就空出了一块地方。这块地方绝对不是直的，而是一定要带豁牙，这个豁牙就叫大马牙槎。等到墙体砌完以后，再把混凝土一下子浇进去。因为混凝土是软的，浇的时候是流体，全部塞到这个缝里去了，等它变硬以后，就把这根柱子连同钢筋和墙体完全拉在一起了，这叫构造柱。这里面是有技术含量的，如果不了解这些，看人家做了一根柱子，就跟着拿混凝土浇一根柱子，然后砌墙，那是没有用的，这根柱子什么用也没有。

怎样砌墙

工匠：这些东西以前在农村是没有的，从来没有见过。

王毅红：只要每层在屋面的地方有圈梁，在最底部有地圈梁，然后在墙角的地方有构造柱，这样一来，就好像是把一个比较脆、比较散的房子，用绳子五花大绑地绑起来了，它也就结实了。

新北川抗震房

在农村地区过去盖房子，虽然看起来也都好像有梁有柱，但是这个梁和柱之间差别可就大了。差别在哪儿呢？这种房子里的柱和梁，就是直接单摆浮搁架在上边，地震一来，就垮掉了。

而前边提到的那种方式，因为墙体里面钢筋互相扭结在一起，再加上外面有混凝土共同来进行加固，它实际上就等于是一个完全的整体。就算来了地震，这个结构也不会在瞬间就完全垮塌，这就给我们的生命提供了一个最大的安全基础。

让我们感到欣慰的是，现在新北川所有的房子都是按照这种方式来建造的。

当我们面对大自然灾难的时候，并非我们没有能力去抵御，如果之前我们能够按照科学的方法来进行建造，可能结果就会完全不同。

（李　苏）

隔离地震的建筑

5·12大地震给我们造成了深重的灾难和损失。在地震过去的日子里，我们除了缅怀那些已经远离的亲人，也在关注着生存下来的人，他们的生活境况如何。

在5·12地震期间，有一个小朋友给大家留下了非常深刻的印象，当时有人问他，今后有什么样的愿望呢？小朋友说，我希望一辈子住在帐篷里。这句话当时让很多人都觉得心里特别难受。

孩子为什么要住在帐篷里呢？因为就算再大的地震来了，帐篷顶多也就是倒了，不至于把自己家人砸死。

这件事也告诉我们，对于灾区的很多人来说，他们今后还要在这里生活，那么，能够让他们在这个地方安心生活、幸福生活的一个最基本的物质保证是什么呢？那就是一所能够抵御地震的房子。

2008年，当巨大的地震灾难降临中国西南的四川时，演绎了无数生离死别的故事。

安心灵是绵阳市防震减灾局的副局长，今年清明后带着记者再一次进入北川灾区。这个已经被建成地震纪念馆的地方，时至今日还是让他伤心不已。他清楚地记得地震当晚他就来到这里寻找他的同事，而那座建筑只

北川地震纪念馆

剩下一个楼顶还在了。

安心灵（绵阳市防震减灾局副局长）：我进去以后，走到房顶那边的墙上，看到下面全是埋压的人。我当时上去，就是想看一下还有没有生命迹象，结果一个都没有。

回看地震现场，那些倒塌的建筑让人生畏，我们似乎还能听到废墟深处传来的呻吟。而那些站立在废墟上的房子，也让我们产生深深的敬意，感谢它们在地震那一刻保护了人类的生命。

安心灵在一座破损不太严重的建筑大楼门口停下来，讲述了这个超市的故事。

安心灵：当时有几千人就从这个超市里拿出东西来分发，每个人能够分到一点水和饼干，然后向绵阳方向逃难。来到北川中学的时候，县委决定青壮年返城救人，其他人继续向绵阳疏散。听到这个消息后，向绵阳疏散的人都自觉地把手中食物和水留了下来。

地震后

站立不倒的房子，保护了生命，还保留了幸存者活下去的必需品。建筑，对于生命的意义，只有经历过灾难的人才会如此深刻地体会。

安心灵：这里仍然有那么多没有倒塌下来的房屋，只要房屋没倒塌，里面的人就不会有伤亡，这是最关键的。

怎样才能让房子不倒塌呢？我们辛辛苦苦建造的房子，怎样才不会反过来伤害我们？自古以来人们就在想办法。

周福霖（中国工程院院士）：在20世纪，有一个幻想学家，他不是搞工程的，但是他的幻想是有道理的，他说到了下一个世纪，人类就不怕地震了，人类居住的城市都

建在一个大方舟上，有什么地震都不怕了。

地震，一次次刺伤人类的心，人类对于抵抗地震灾难的要求也越来越强烈。而现实中，解决建筑抗震难题并不容易。

周福霖：按照传统的说法，只要把柱子加大，把梁加粗，就能抵抗地震。但是，你知道要加大、加粗多少吗？因为你不知道地震有多大，八级地震和九级地震对房屋的要求也是不一样的。此外，这也会造成工程造价的大幅度提高，一般要提高10%到40%。

随着建筑物的不断升高、不断庞大，它本身对抗震安全的要求也越来越重要，光靠把梁柱加粗、墙壁加厚是不能解决问题的。怎么办，能不能真像幻想中的那样，把房子和发生地震的大地隔离开？

幻想终归是幻想，把城市建在一条大船上的可能性不大，怎么才能让建筑物与地震隔离开？怎样不让它再遭受地震威胁呢？

正在建设的昆明新机场是国家十一五期间的重点工程，机场建成后，将是我国第四大机场。但有一个让人无法回避的问题是昆明机场所在的云南省，正处于我国西南地震多发区，而且未来的新机场航站楼，是用七条彩带一样的钢梁支撑起来的，这漂亮的建筑也给抗震提出了难题。

周福霖：当房屋是不规则形状的时候，比如昆明机场这样的，发生地震时建筑物就会产生扭转，而一旦发生扭转，建筑物就非破坏不可。

怎样把这个弱点转化为安全可靠的结构呢？来到机场候机楼的地下，我们看到一个奇怪的景象，候机楼的地基不是直接深入地下，而是全都架在了一个个看上去像是用橡胶制成的圆柱体上，整个建筑像是一个悬浮着的巨大的船。

安晓文（云南省地震工程研究院院长）：昆明机场是目前全世界最大的单体隔震楼，它的隔震层面积就有近8万平方米，差不多是11到12块足球场那么大。整个建筑

昆明新机场模型

的上部是一个完整的整体，昆明机场五十多万平方米的建筑全部都搁在了这一千八百多个隔震支座上面。

据安院长介绍，候机楼下面的橡胶圆柱，作用相当于大船下的水。难道这候机楼就是幻想家想象的那条大船吗？这些圆柱怎么能隔离开地震威胁呢？

广州大学抗震研究中心试验台

周福霖：我们现在采用的是柔的办法，就是不管多大的地震发生，都把地震波隔离掉，这叫做以柔克刚。这就好像有一条船在海上，它跟海底中间隔着一层海水，这层水是柔软的，当海底发生地震的时候，对于这条船是没有影响的，因为地震波被海水隔离了。

可以通过一个简单的小实验来展示一下其中的道理，我们把两块积木放在一个肥皂盒里，当它直接接触在桌面时，因为桌面本身是一个刚性的物体，稍微一摇晃就倒塌了。如果把它放到玻璃缸里，肥皂盒就像一条小船一样能够漂浮在上面，这个时候再晃动桌子，虽然肥皂盒看起来好像是在风雨飘摇之中，但实际上里面的两块积木还是比较稳定的。

水的柔性能隔离震动的力量，人类能否利用这个原理隔离地震呢？不能把建筑物建在真正的水面之上，用什么以柔克刚的办法隔离地震的破坏呢？

自然灾难，从来就是人类发展的伴生物。但人类不应该白白经历灾难，正是在灾难中，人们学会了新的生存之道。三十多年前，唐山地震时，当时还年轻的周福霖发现了一个奇迹。

周福霖：我曾经看到在一片废墟上，有两栋四层的房屋没有倒塌。我当时感到很奇怪，走近仔细观察，发现房屋的北面墙下都有一道防潮层，整个建筑物沿着这条沥青的防潮层滑动了40厘米左右，但是上面的房屋没有倒。

4层楼下面的沥青层为什么能让楼房不倒呢？让我们到地震现场，看看建筑物遭受破坏后会有什么特点。

北川很多曾经是顶楼的房子，现在掉落到了地上，底层楼被摧毁了。那些没倒塌的建筑，底层柱子上也都有受到强力摧折的痕迹，这些在告诉我们什么呢？

赵凤新（中国地震灾害防御中心研究员）：地震的时候，从震源破裂释放出来的能量会以地震波的方式向周围传播，一个叫纵波，一个叫剪切波。

安晓文：对房屋建筑损害最大的是水平方向的剪切波。

周福霖：当一座建筑物在地面上时，地面发生移动，但是房屋的惯性使它不会动，所以就会产生一个剪切力，而这个剪切力一般就会使第一层断掉。

当地震发生时，地面的横波往往在建筑物的一层产生剪切力，对那里的破坏最大。人们针对这种现象，想出了现在的办法：把柔性的橡胶隔震垫加装在受力最大的地方，将破坏性的力消减掉，以此来减轻地震对建筑其他结构的摧毁。

周福霖：这是隔震的原理，也就是说在建筑物和地面之间，有一个柔软层，这个柔软层使得地面的震动，通过柔软层把它隔离掉，这样一来剪切力就不起作用了。

加上这样一层柔性的隔震垫，地震的破坏就能被隔离掉吗？通过实物实验我们来看一看，两个同样的建筑模型处在一个震动台上，在遭受同样的地面震动时，它们会有什么不同呢？

实验证明，面对同样的震动，建筑物的晃动程度有所不同，建筑模型上方放置的水箱里的水清楚地显示了这一点。造成这种明显差异的就是两个模型下面安装了不同的底座，一个是用有机玻璃固定的，另一个是用橡胶垫支撑的。

周福霖：橡胶垫支撑的建筑能够把地震反应降到一般房屋的1/4到1/8，效果非常明显。

在模型实验中，我们看到了明显效果，但用在真材实料的建筑中也能有同样的效果吗？

广州大学抗震建筑研究中心的试验台上，在几个液压臂控制下，这个台子根据采集来的真实地震波，已经进行过很多次模拟试验。

周福霖：实验结果证明，到现在为止，在国内外所进行的实验中，没有一个隔震房屋在振动台上被震倒的，并且地震越大它的隔震效果越好。

国外一些研究机构，也进行了很多类似试验。试验结果告诉人们，因为经过隔震后房屋的晃动变成了一种缓慢的平移，不仅房屋受损减少，房内的家具等设施倒塌的现象也减少很多。

安晓文：在阪神地震中，很多高层建筑虽然没有倒塌，但是里面的设备、家具，还是造成了人员伤亡，这一数字差不多占到阪神地震伤亡人数的10%。

橡胶隔震的理念，给人们抵御地震的幻想打开了一扇门，但是当把它应用于承载我们生命的建筑上时，它安全吗？有没有难以回避的问题呢？

首先，我们要考虑的是虽然建筑物的防震效果不错，但是它的造价是不是我们能够承受；第二，橡胶这种物质在长期受压的情况下，还能不能保持很好特性，会不会老化，导致最终出现问题。

隔震支座性能测试

放在建筑物下面的橡胶，能不能支撑住巨大的压力？易老化的橡胶，怎样符合建筑物的使用周期？专门设计的隔震垫价格不菲，能让普通建筑用得起吗？

在昆明机场的地下层我们看到，橡胶隔震垫非常粗大，直径都在1米以上，但橡胶毕竟是柔软的东西，把这样大一个机场候机楼放在橡胶做成的垫子上，它能承受得了吗？

安晓文：如果是一个完全纯的橡胶块，它是很均匀的，它对竖向的承载力和横向的承载力是完全一样的。不过在实际上，往往显示出它对竖向的承载力不够，那是因为建筑物本身有巨大的重量。

怎样能让橡胶承受得住建筑物的强大压力？这个秘密就在橡胶隔震垫制作的过程中，原来在橡胶的中间被叠放进了一层层钢板。

张总工程师（云南震安公司）：钢板上已经有胶黏剂了，这个胶黏剂是固化的胶黏剂，通过加热加压，就粘在一起了。

把钢板放进橡胶层，橡胶就不会变形了吗？不变形的橡胶垫还能具有隔震的效果吗？

周福霖：当往下压的时候，橡胶要膨胀，这样钢片就可以把它拉住，使得橡胶不发生膨胀，而在水平面上它又是柔软的，钢片在水平方向和橡胶的性能是一样的。

每种橡胶垫做好后，都要经过抗压和柔性试验，在巨大的纵向压力和横向拉力下，它的各项性能必须达标才能安装。但是对于橡胶，还有另一个让人担心的地方，就是它会不会老化呢？

左喜夏（云南省橡胶制品研究所副总工程师）：橡胶是相当容易氧化的，一般橡胶放置三五年就会有一定程度的老化。

建筑物的寿命可远不止三五年，我国通常的民用建筑设计使用年限为50年，重大建筑年限更长。使用周期如此长久的建筑物，怎么能用易老化的东西来支撑呢？

左喜夏：橡胶老化的原因主要是受热老化和光照老化，橡胶的分子链断裂就会产生老化。但是作为隔震垫来说，因为使用的环境是比较封闭的，受到臭氧老化程度比较低，也很少有紫外光照射等情况，所以隔震垫使用的寿命是相当长的，60年以上绝对没有问题。

汶川地震后，隔震建筑进入了迅速发展期，很多援建项目都采用了隔震技术。但在普通住宅中，这样的技术应用，会不会增加房屋建设成本呢？

昆明市最外围的东川区，因为历史上发生过比较大的地震，所以对建筑的抗震要求，这里达到了最高的9度设防，建筑的梁柱钢筋用量很大，高楼无法承受，以至于几年前这里还很少有高层建筑，百货大楼也只能盖到5层左右。

因为有了橡胶隔震技术，现在，十几层的商用高楼出现在了东川。这里大片的住宅小区也都是用隔震技术建造的，有的小区里正在建设的是从未有过的11层楼住宅。

记者：采用这种方式建造，房子的每平方米成本会提高多少？

马兴玉（昆明玉泰企业集团董事长）：这要由主要原材料的价格来确定，如果采用的是每吨三千多元的钢材，可能每平方米会提高100元左右的成本，但如果采用每吨5000元左右的钢材，使用隔震垫的反而比不使用隔震垫的造价还要稍微偏低一点。

为什么使用隔震垫造价反而会降低呢？因为，按照国家建筑抗震设计规范，加装隔震垫后，建筑上部结构的梁柱和墙体都可以相应减少尺度，钢材和混凝土的使用量会减少，虽然增加了隔震垫的支出，但总体成本却能降低，这就为隔震技术在建筑中的大量使用提供了条件。而隔震技术的不断完善，也为各种特殊建筑的抗震，提供了新思路。

周福霖：这种建筑方式，可以用在高层建筑，包括政府大楼、医院、核电站等，中国工程院有一个项目，叫做核电站的隔震保护，正准备在核电站采用隔震技术。

制作橡胶隔震垫

不仅如此，现在还有一种专门给农村地区设计制造的防震橡胶垫，里面虽然不是加的钢板，却用了一种有经纬结构的类似加强筋的纺织品作为里面的夹层，对于农村地区一般的两三层的楼房来说，应用起来绰绰有余，而且价格比加钢板的便宜很多。这样一来，广大农村地区的朋友也都可以接受了。我们也希望今后这样的技术能够得到进一步的大力推广，让天下所有的人都能居住上真正安全的房子。

（李　苏）

运用隔震技术建造的小区

救灾机器人

CCTV10
中央电视台

地震让许多生命悬于一线，但道路阻塞谁去救援？余震不断袭来，废墟随时会倒塌，谁能深入废墟内部，告诉我们被困者的消息？危难时刻，正是救灾机器人大显身手的时候。

2008年汶川发生了8级地震，大地的震动使山河易貌，道路摧塌，把人们的家园变成了废墟。当人类无法靠近现场，我们怎么伸出救援之手，能不能让机器人助我们一臂之力呢？当时在救援现场，这样的感受就曾让人有切肤之痛。

尚红（中国地震应急搜救中心技术部部长）：地震次日凌晨一点左右我们到达聚源中学，当时是漆黑一片，还下着大雨，很多家长聚集在学校周围呼唤自己的孩子，那时候真是恨不得每个人都有先进的装备来救助这些孩子们。

就在汶川地震前，一个国家863重点科技项目刚刚启动，中国地震应急搜救中心和中科院沈阳自动化研究所等单位，要联合开发救灾机器人。但机器人还没问世，汶川地震就发生了。虽然当时没有使用上那些机器人，但灾难的警示，让机器人的研制加快了脚步。

时至今日，机器人发展得怎么样了？它们都有了些什么本领？让我们到沈阳自动化研究所去看一看。

飞行机器人的眼睛

这几位名叫飞行机器人，为了方便调试，其中几个还没穿上外衣。它们的样子看上去实在不像人，反而更像缩小了的直升机，为什么要把机器人做得和飞机一样呢？

尚红：地震容易造成道路桥梁中断，在人无法到达的地方，飞行机器人能够快速把灾情拍摄下来，便于后方的指挥人员了解哪里是极震区，哪里灾情最重，救援队员应该怎么分布。

地震让很多人处在生死关头，但道路阻塞致使外界无法了解，这时候人们恨不得生出双翅。虽然直升机也能前往侦察，但必须要等天气条件允许后才能起飞。当天空布满阴霾，人们只能无奈地在焦急中等待，有没有方便好用的机器人替我们前去探察呢？

尚红：如果我们有先进的无人机，飞出去以后就可以把视频图片传回来。

飞往灾区的机器人，必须要能飞得远、要能在远离人们视线的地方执行任务，还要能把远方的消息传达回来。眼前这几位机器人能做到吗？虽然我们觉得飞行机器人长得和人完全没关系，但在开发它的科研人员眼里，它身上像“人”的地方还不少。

齐俊桐（中科院沈阳自动化研究所机器人学国家重点实验室主任助理）：它的眼睛和人一样，也是可以动的，前后左右都可以。在飞行过程中，它可以控制眼睛的方向，达到360度全方位观察，这样就可以完成全方位的监测工作。

虽然飞行机器人有眼睛，但这是为了给我们传递消息准备的，它自己飞行时不靠这双眼睛，所以不怕天气恶劣，也不怕地形复杂。

那它飞行靠什么呢？它靠的是传感器和卫星来了解自己的位置，有了这些数据就相当于看到了云层外的情况。

但这时候由谁来驾驶它呢？还需要人来遥控吗？

齐俊桐：它的控制器，也就是大脑全在这套控制系统里，它会搜集所有我们想看到、听到的东西，最后都汇总到这里。有了这个控制系统，就可以通过卫星，以及它自身的导航、传感器来自动控制，就成了机器人。

齐俊桐：比如这架飞机，要在地面给它输入程序后，它自己就可以完成任务，直到飞回来吗？

飞行机器人还有些特殊功能的五官，但它们并不随时都长在脸上，而是需要什么就临时安装什么。

齐俊桐：鼻子负责嗅觉，就是有毒有害气体传感器，因为它是无人驾驶的，所以对这种有毒有害气体不敏感，这样就可以进入有毒、有害气体里把相应的浓度，以及里面到底是什么样的气体等信息传回来。

为了见识机器人的功力，我们决定来给机器人安排一个任务。记者爬到相邻一座楼的屋顶，把两盘录像带放到两个不同的位置，飞行机器人能从空中找到它们吗？

操作人员在控制台的地图上给机器人输入了去执行任务的方位，然后很简单地一个指令，机器人就自动升空了。飞行机器人最远能飞50千米，而这一次，目标就在附近，它很快就进入了指定区域。

录像带目标很小，它能看得到吗？从传回来的图像中根本无法发现目标，怎么办？机器人自主飞行的同时，屏幕前的人开始手动操纵它。

楼顶上有很多白色的排气孔，和我们贴着一张白纸的录像带颜色非常接近，十几米开外就分不清了，人们怎样才能在屏幕上发现它呢？

齐俊桐：它可以飞得比有人驾驶的飞机更低，可以在距离地面10米甚至10米以下进行飞行，把细节看得更加清楚。

降低了机位眼前果然清楚多了，很快机器人就发现了第一个目标，接着又在墙角边发现了第二个。

这只是飞行机器人的最基本功能。下一步到救灾演习现场，它还有其他超强能力展现。现在我们去见识另一种机器人，就是能到倒塌废墟上救援的机器人。废墟是救援的必经之路，但那里却埋伏着重重危机。

废墟表面搜索机器人1

尚红：有一些废墟，如果人的重量加上去，很可能会造成第二次坍塌，如果下面有幸存者，就可能对幸存者造成二次伤害。

在这种情况下，一个体型娇小的机器人是最好的选择。不过，它要想应付地面的砖头瓦块，在上面如履平地，一般的轮胎是解决不了这个问题的。

废墟表面搜索机器人采用了履带式

结构，履带能加大它与地面接触面积，但会增加转向困难。凭借身材小巧，它还算灵活，但在跨越地震后坎坷的废墟时，小巧身材又成了弱点。

这该怎么办呢？事实上，它有办法让自己随时长个子，依靠那个加长臂，它就能轻松地上楼梯。

我们给它设计了一个高难度动作，它能爬过这个用石头和废旧建筑材料堆起来的障碍吗？这时候，机器人走走停停，难道它是在考虑什么问题？

钟华（中科院沈阳自动化研究所机器人学国家重点实验室副研究员）：作为机器人，它应该具有自己的智能，也就是说它可以自己感知，并且自己做出决策。比如面对现在这种状况，它就会把图像主要的特征点提取出来，尤其是关于障碍物的特征点

废墟搜救机器人

废墟搜救机器人现场演练

提取出来，并且测算出自己与障碍物之间有多大的距离，随后自己就能规划出来一条路线。

翻越障碍的目的是去搜索被埋压人员，这个小家伙眼力如何呢？我们给它的考验是，它能不能看清楚院子角落里录像带上面印的字呢？对于这个任务，机器人很轻松地就完成了。

这个机器人还有一个与它长相不太一样的小弟弟，也是废墟搜救机器人，但它比“哥哥”身材更小巧，它的任务又是什么呢？

尚红：汶川地震中出现了好多馅饼状的房子，就是一下子坍塌了，也有的被桌子或者一些坚硬的家具支撑起来，中间还有一定空间，有可能幸存者就躲在那个空间里面。

在地震现场，被埋压人员往往被卡在建筑物狭小缝隙里，救援人员身体难进入。谁能到废墟深处寻找他们，谁能去观察埋压情况？执行这样任务的机器人必须同时具有两种本领：既能在坎坷的废墟里上上下下，还得自己想办法钻过各种各样狭窄空间。

龚海里（中科院沈阳自动化研究所机器人学国家重点实验室助理研究员）：它是根据仿生虫子的原理来设计的，仿的就是变形虫。

这个小小的机器人确实展现了变形的能力，它能变身为各种状态。

龚海里：现在它变成了并排构形，非常适合草地松软地面环境下的救援，因为废墟内部会有很多衣服。

搜救机器人

废墟搜救机器人现场演练

当它上楼梯时，它又会变成另一种形状，显得身手特别矫捷。尽管我们给它布置了各种各样的障碍，它都顺利地超越了过去。

现在，我们提高难度，给它布置了一个更狭窄的多障碍缝隙，它还能钻过去吗？

走到跟前试了试，机器人好像觉得自己太胖了，于是退了回来，难道它要放弃吗？

龚海里：机器人会根据自身的状态信息，以及所处的环境的情况来判断自己应不应该去钻，如果不行它会告诉控制台，现在完成不了这个任务。

控制台得到消息，给机器人下达了一道变身命令。得到指令后，机器人开始自动变换新的身形。

龚海里：变身的时候，都是机器人自己在做动作，操作人员无需再发出指令。

很快，机器人变成了一个长条形，这一回，它可以绰绰有余地钻了过去。如果是在现场，现在它就钻入了废墟内部，进入黑暗的废墟之后。

那么，它又怎样传回信息呢？

龚海里：它的眼睛前后有两个摄像头，具有红外夜视功能，适合白天和夜间的全天候工作。它还有一个耳朵，可以把现场废墟内部的声音，比如有人发出呼救的信息，通过无线的方式传递到远端的控制台上。

我们找到附近的一个车库，想考考它的眼睛和耳朵的能力。它真能让废墟外边的人也能听见和看见里面的情况吗？

接下来我们把一盘录像带放置在了一间黑暗的小屋里，连我们自己都必须打着手电进去。在完全黑暗之中，小机器人能有火眼金睛吗？它能在黑暗中看到目标吗？结果，机器人都很轻松地完成了任务。

历经3年不断完善，养兵千日，用兵一时，模拟地震后的灾难现场，演习中各种困难凸显面前，怎样克服楼面倾斜，怎样找到地下通道？又怎样送去救援物资？

这是一个模拟的灾后现场，为实地检验救援能力，所有机器人被抽调到中国地震应急搜救中心基地进行了一次演习，它们的实战表现如何呢？

演习开始了，地震后的现场浓烟滚滚，呼救声阵阵，救援队伍进入现场的同时，机器人也都集合到位，它们今天都有各自的使命。

尚红：在这个模拟的地震废墟里边，事先埋进去一些模特，也就是压埋人员。机器人的任务是进入废墟进行搜索，当搜索到模拟的幸存者以后，就把水输送到它的嘴里。

现在，搜索开始了，飞行机器人升空去了解灾情，这对它来说已经是轻车熟路。而地面上的那几座废墟明显比平时的试验场地要艰险多了，参差的建筑物堆积如山，进入废墟变得非常困难。看来两

工作人员地震废墟搜救演练

种废墟搜救机器人的任务不好完成。

没过多久，机器人出现在建筑物门口，它动力足、腿脚麻利，很快就上到楼上，不一会儿它就发现了不同寻常的一样东西。

经过仔细辨认，它判断出这就是今天要寻找的目标之一。紧接着，它必须进入到另一座楼上去侦察。反复上下几次之后，机器人的脚步显得有些摇晃。

建筑物内没有什么障碍，它为什么这样站立不稳呢？仔细看看对面站着的那个人，他的站姿也有些奇怪，这是怎么回事呢？原来这是一座倾斜非常严重的建筑，机器人正在进行一次困难的行走。

废墟搜救机器人在斜坡上爬行

钟华：这种情况下，机器人的履带与地面接触面积要大很多，但是即使这样，废墟表面机器人设计指标对于这个倾斜角度，还是可以上下的。

不久，机器人在倾斜的楼房里又找到了一位幸存者，它的任务完成得不错。

这时，演习指挥部布置了更困难的搜救任务，要迅速摸清这座废墟已经塌陷的最底层情况。这时候，轮到这位小巧的机器人显身手了。

掉落的碎砖石堆满了路面，身材小巧的机器人在这样的环境中行走非常困难。好不容易就要找到通道了，但面前的缝隙远比机器人本身要小得多，看来它选错了路。当发现自己钻不过去，它只好调转回来另择入口。绕过几个狭窄关口，费尽周折，终于来到地下，当它钻进废墟下层，它就可以把各种仪器带入地下了。

钟华：它可以将生命探测仪带入地下，对活体的心跳和振动，以及身体活动等信息进行采集，然后通过雷达技术传输回来，这样我们就可以定位到一个生命，一个活体。

在充满危险的地下，凭借各种仪器设备，机器人就能发现目标。现在被埋压人员已经被发现，谁能来给他提供帮助呢？

尚红：搜索到幸存者，把他安全救出来是需要时间的，地震现场平均救出来的幸存者是6到7个小时。

平均6至7个小时，有时候甚至会经历几天几夜，对于生命垂危的人是什么样的考验？在幸存者最需要帮助的时候，能不能给他们一些生命急需的东西？这么狭窄的缝隙中，救命的东西怎么送进去呢？

缝隙里此时出现了一束生命之光，机器人为被困者送来救生物品。墙外是中科院上海自动化研究所研究的缝隙机器人，不仅能从一道狭窄砖缝中探察情况，还能送进去必需品。

演习还在继续，此时飞行机器人也收集到了重要情报，它侦察到建筑物上有几个人被困，其中还有重伤员，必须马上送水送药，可是谁能完成这个任务呢？

这时候，前面提到的沈阳的一件东西就要起作用了。

齐俊桐：我们可以把药品盒子挂在机器下边，由开关控制，开关可以连到控制系统里，这样，药盒里面的东西就可以投出来。

几盒药品和几瓶水被放进了这个盒子，在危楼上等待的人们能顺利得到急需的物品吗？演习结束时，几位机器人都完成了投放任务。这些人类科学研究的结晶，不久的将来，将在灾难发生时，给人类带来帮助。

当大的灾难发生时，人的救援是最主要的，也是第一环节，但是，假如我们装备了更加先进的辅助工具，比如这些救灾机器人，就能给我们救援带来更大的保障。

（李　苏）

屋顶的狂想

说起粮食，人人都得吃，谁都离不了。不过现在粮食价格比较低，农民种粮的积极性还不是太高。可偏偏有这样一位农民，他对种粮食可是情有独钟。

他住在浙江省绍兴市的一个小乡村，这里是江南水乡，可以达到一年两熟。冬天种的大麦，眼下就要收割了；腾出地来，又要插秧种水稻。可是，别看这片地面积很小，只有两分地，但位置却十分奇特，竟然是在屋顶上的！

6月初，是一年二十四节气中的“芒种”，正是麦子收割的季节。在浙江省绍兴县杨汛桥镇麒麟村的一片土地上，种下的大麦已经成熟，饱满的麦穗被热辣辣的阳光晒得又焦又脆。农人挥动镰刀，正在忙着收割，一派丰收的景象。但仔细一看，令人非常惊讶，这片土地高高在上，四周用护栏圈起来，竟然就是一户人家的屋顶！

原来，这一棵棵麦子，居然是种在房顶上的！

这里就是彭秋根的家。紧邻大街的三层楼房，最下面一层，开了一个修理铺，老彭平时就靠给人修车谋生。上面两层出租给外地的民工，而从外面的楼梯一直走上去，看见这片金黄的麦浪，就是彭秋根的屋顶农田了。尽管面积很小，只有110平方米，不到两分地，但却是老彭的心尖子。

屋顶上种麦子 1

就靠这么一点地，他硬是搞成了一年两熟，种完麦子，还要种稻子，一年到头，忙得不亦乐乎。

彭秋根：房顶上种的东西和田里种的东西不一样，就是很方便，我从楼下到房顶上面去看一看，两分钟就到了。

彭秋根是麒麟村的村民，13岁就父母双亡，成了孤儿。他是在村里吃百家饭长大的，靠着家里一点微薄的土地，勉强度日。后来，他凭着自己灵活的头脑和肯吃苦的精神，四处闯荡，当拖拉机手，跑运输，学修车，加工厂干活，终于挣了一大笔钱，准备把家里的老屋拆掉，盖一座三层小楼。就在这时，彭秋根忽然有了一个大胆的想法。

彭秋根：我盖房子的时候就想到，在上面再盖一层，把泥土放好，这样就可以种点菜或者种点别的什么东西。

彭秋根这个想法，是受到一种现象的启发。

麒麟村邻近城镇，是有名的蔬菜种植村，但村里人均不到半亩地，口粮尚且难以保证，哪里有闲田来种菜呢？聪明的村民想出了一个办法。他们用一个个泡沫塑料箱子，在里面装上土，摆在自家院子里，就变成了一块块活动的耕地，就用这个方法，照样种出了新鲜的蔬菜。

老彭想：在自家的楼顶上种东西，难道不比塑料箱子强得多吗？

屋顶上种麦子2

屋顶上种的麦子丰收了1

彭秋根：那可比塑料箱子要大得多了，110平方米的地方要多少塑料箱，对不对？再者，塑料箱子里面没法耕田，而这样大的一块地，很快就可以耕出来了。

说干就干。老彭四处参观取经，看到盖得好的例子，就千方百计打听，回来之后自己动手，设计图纸，请建筑队按照自己的想法来修改，就这样盖盖停停，一栋房子居然盖了两年多，而且，钢筋、水泥等各项标准都定得很高，特别是屋顶墙缝用的水泥，更是不惜血本。三层楼盖下来，比别人家盖六层楼花的钱都多！很快，村里人都知道他要在屋顶种东西的消息，开始议论纷纷。

村民：我们担心房子会渗漏，再有就是地基是不是能承受压力，当时村里多数人都感觉这样做不太合适，有不少人在背后说闲话。

眼看着彭秋根的楼盖起来了，土也铺上去了，一块微型的实验田诞生了。村里人有好奇的，上楼顶去偷偷拿尺子去量。整个土层的厚度大约只有15厘米，计算下来，每平方米不到200千克。而水泥楼板的负载在每平方米500~700千克左右，看来承重应该没有问题。但这样一来，另一个问题又出现了，这样薄的土层，会不会影响植物的生长呢？

彭秋根：我用的土好像那个大的盆子一样，肥料和水都比较节省。

接下来，又一个消息让村民目瞪口呆，彭秋根要在楼顶上种的居然是水稻！

他这是疯了吗？谁都知道，水稻是离不开水的，长年累月，要在水里长着。在房顶上种水稻，就等于把楼板一直泡在水里，谁能保证这楼板能滴水不漏？万一要是漏水了，这个家可就成了“水帘洞”，也在全村人面前出了个大洋相。这能行吗？

王仙民（中国屋顶绿化协会秘书长）：他用的水泥标号很高，很细，抹好了以后可以始终让水泥处在一个潮湿的状态，始终让它保持有水的状态。这种水泥的特点叫湿胀干缩，因为它老是有水，所以多少年也不会漏。

一棵棵秧苗插下去，又一天天地成长起来，而村民们的心，也都一直悬着。说也奇怪，眼看着这栋小楼整天头上顶着这么一盆水，却是固若金汤，丝毫不见漏水的痕迹。

屋顶上种的麦子丰收了2

不久，水稻分蘖了、开花了、结穗了、灌浆了、收割了……彭秋根的小楼安然无恙，这巴掌大的一片地，一年居然打出了满满两麻袋稻子，够老彭一家三口全年的口粮！

老彭还有一手酿造绍兴黄酒的手艺，每年他都把自家屋顶上产的稻谷、大麦，酿成香甜的黄酒，自己喝不完，还用来招待亲朋好友。现在，老彭搞屋顶种植已经有7个年头了，种过西瓜，种过蔬菜，但说到底，他最想种的还是粮食。

彭秋根：如果没有粮食，钱再多也没有用，因为粮食是最宝贵的。

屋顶绿化最关键的是两个问题：承重和防水。能不能做屋顶绿化，做什么样的绿化，很有学问。

一般来说，如果每平方米承重在500千克以上，就可以做空中花园、屋顶鱼塘、假山凉亭，甚至还可以栽一些树，都没有问题。而每平方米在500千克以下，就只能选择做屋顶菜园，或者种植草坪，土壤厚度也不能超过25厘米，这样才能保证安全。而防水就更关键了，但老彭做屋顶种田，却偏偏不做防水，而是利用水泥的湿胀干缩，保持屋顶的坚固严密。

其实在江浙一带，很多人家都有水泥大缸，还有水泥做的船，都是利用了这个原理。只有老彭把这个原理聪明地用在了屋顶种田上。可这样做，新的问题又出来了。南方湿润多雨，又是种水田，不缺水，北方的屋顶怎么办呢？

用箱子种菜1

用箱子种菜2

在河北省灵寿县城里，一辆白色的面包车奔驰在大街上，车身上写着“屋顶花园”的字样，车顶上是一丛丛的鲜花嫩草，披洒下来，格外惹人注目。这就是孟全喜的工程车，十几年来，老孟开着它跑遍了灵寿县的大街小巷。整个县城，建设了十几万平方米的屋顶菜园，这都是老孟的功劳。

孟全喜：每做一个屋顶菜园，就多一个朋友，因为大家认为花这个钱值，起到了冬暖夏凉的作用，而且不漏水，还能吃上菜，所以后来就成了朋友。

1996年，孟全喜干上了房屋防水材料的生意。当时，建筑防水还是一个新兴行业，为了让人们在自家的房顶上做防水，销售人员真是磨破了嘴，跑断了腿。不但要把防水材料成功地卖出去，就连售后服务也要盯紧，要保证防水工程能经得起检验，三五年之内不能漏水，不能出质量问题。但就是这一点，让老孟可发了愁。

王仙民：因为防水材料主要的都是塑胶产品，它的天敌就是紫外线。紫外线照射以后，它就会变质，变硬变脆，白天热胀，晚上就收缩，时间长了，品质就下降了，在这种情况下，就很容易发生漏水。

最初那几年，由于防水材料老化漏水，孟全喜常常是跑东家，到西家，整天修修补补，增加了售后成本不说，关键是产品的信誉受到很大影响。该怎么办呢？他开始试验各种方法，减少紫外线的照射伤害。最终，他想到一个办法：在防水材料上铺上一层土，不就能阻挡阳光的直接照射了吗？

王仙民：把一个白色的塑料袋吊在晾衣绳上，用不了几个月它就会粉碎。但是如果把这个塑料袋埋到土里，就会变成一个白色污染，一百年也不会降解。同样的原理，如果用土壤做防水材料，用植被将它覆盖，它就见不到紫外线了，于是它的寿命就

在屋顶上铺防水材料

会大大地延长。

刚开始，孟全喜只是在防水材料上薄薄地铺上一层土，没有再管它。可是经过几场雨之后，他惊奇地发现，一层嫩绿的草开始长出来。这让他动起了心思。反正闲着也是长草，倒还不如种点菜，说不定还能有一些收成呢。他首先想到，在自己家新装修的房顶上，搞一小片实验田。没想到，这一下，遭到了全家人的反对。

孟全喜的妻子：对于咱们的材料，我相信肯定是不会有毛病的，可是我担心在房顶上种花、种菜，在水里泡着的，万一不小心哪儿漏了，那家里的装修就全毁了。

为了打消家人的顾虑，孟全喜在自家的房顶上先做闭水实验，在铺上防水材料的池子里注满水以后，浸泡24小时，没有出现任何渗漏现象，这说明防水材料质量是合格的，根本不用担心。这也让他更加认准了这条路。

自己就是做防水材料的，现在搞这个屋顶种植，其实就是对防水材料的一次考验，要是连自己的家里人都不相信，又怎么能说服客户来接受呢？

孟全喜：塑料在水里边根本就不会腐烂，它适应潮湿的地方。在潮湿的地方，风刮不到，阳光辐射不到，潮湿的地方还耐老化，所以塑料越是在潮湿的地方寿命就越长。

经过反复地劝说，孟全喜成功地说服了家里人。他自己设计了一个卷吊车，把土运送到屋顶，一直加厚到20厘米，然后种上了一些蔬菜。没想到，“无心插柳柳成荫”，这屋顶的菜园长势喜人，比大田里的蔬菜还好。一百多平方米的屋顶，每年能收获七八千斤的蔬菜，豆角、大葱、西红柿……四季常鲜，瓜果飘香。引得左邻右舍非常羡慕，纷纷前来打听。孟全喜的屋顶菜园一炮打响了。

孟全喜：房顶上的菜看看长得确实不赖，屋里冬天又暖和，夏天又凉快，灵寿家家户户都做起来了。我觉得这是件好事，对自己也有收益，种菜时间长了，在房顶投入的成本也就收回来了。

菜地最重要的就是不能缺水，怎么把水提到高高的屋顶上呢？孟全喜想出了一个好主意。

很多人家屋顶上都有太阳能热水器，里面就有一直流动循环的水，只要接上一个阀门，打开水龙头，就能用清澈的水来浇田了。这里地势高，通风好，光照也强，对作物生长特别有利，而且，因为屋顶上温度比地表温度要高得多，所以菜的生长期也相应缩短了，就连口感上，都比大田里的菜要鲜嫩！

寿县城居民：茄子、黄瓜、辣椒、西红柿，什么样的菜都种，而且非常绿色，保证不打农药，浇地也非常方便，就用太阳能。种的菜我家四口人根本吃不完，每年还要送给亲戚朋友。他们听说是绿色食品，也都非常高兴。

同样的屋顶，从彭秋根到孟全喜，一南一北，表现出了明显的差异。

彭秋根的屋顶绿化，在防水处理上利用了水泥的湿涨干缩，这是因为南方湿润多雨，降水量大，种植的又是水稻之类的作物，能满足要求。

而孟全喜处在北方，干旱少雨，如果也照搬老彭的做法，就会出现水泥开裂，最终发生渗漏，所以他对防水材料就特别重视，而且巧妙地利用了土壤覆盖和水的浸泡，阻隔了紫外线的破坏，同时又满足了菜地的供水，获得经济效益。

其实，屋顶上不管是种粮食，还是种蔬菜，要解决的问题还多着呢。

屋顶绿化，除了承重和防水，最大的隐患就是根系伤害。大部分乔木和灌木，以及甜菜、萝卜等蔬菜，属于直根系，都有粗壮的主根，会深入到楼板里面，对建筑结构产生破坏。而水稻、麦子、杂草，以及大部分蔬菜品种，都是须根系，不会造成明显的穿刺破坏。所以，屋顶绿化首先要考虑的，就是选择绿化品种。

王仙民：一般具备穿透能力的，像乔木、花冠木类的植物，尤其是竹子，它的根非常厉害，也有个别的草类也厉害。但一般来讲，农作物蔬菜、粮食等，它们的根穿透能力就很差。

一般的屋顶绿化，都要先做植物的阻根处理，在防水材料上铺设一层隔根膜，上面涂有一些影响植物生长的化学药剂，这样一来，植物的根向下伸展，碰到隔根膜，就会停下来，而改为向四周扩展。每两张隔根膜之间，搭接1米左右。一般农作物的根在伸展的时候，不会超过1米，这样就不会超出隔根层，对楼顶造成破坏。

王仙民：我曾经在德国看过已经做了38年、甚至是55年的屋顶绿化，效果都非常好。在国外，屋顶绿化已经有了很长历史，通过他们的实践也证明做屋顶绿化以后，

屋顶上的花园

防水和屋顶的结构更增强了，而不是被破坏了。

屋顶绿化还有一个最显著的功能，那就是建筑节能。到了夏天，特别是在城市里，热岛效应让人们如同置身于蒸笼之中。尤其是顶层，楼板被晒透以后，更是酷热难耐。空调就成了必不可少的东西，耗费电量也相当惊人。而铺上土壤，种上植物以后，就能够起到非常明显的隔热效果。不用开空调，也能冬暖夏凉。

王仙民：一般夏季的下午两点左右，如果把温度计放在屋面测量，测出来的温度有七十多度，有的地方甚至高达八十多度，在屋顶上煎鸡蛋一点都不夸张。但是做了屋顶绿化以后，温度就只有29度、30度，没有超过30度的。

从北方到南方，从城市到农村，屋顶绿化已经成为一股不可阻挡的潮流。一个个灰暗的屋顶变美了，变亮了。屋顶变得更加丰富多彩，能种草，能种树，能养鸡，能养鱼，小小的屋顶，成了人们休闲的场所，也让人们的家园变得更加美好。

（宋前进）

随着现代交通工具越来越发达，很多人都愿意去雪域高原走一走，让自己的心灵得到一分安宁。作为一个旅游者，如果能够去那里看一看，拍回一些照片，就已经很满足了。但是，对于生活在这个地区的人，他们也渴望现代的科学技术能给他们的生活带来很大的便捷和改变。

这天早晨，阳光照耀着达孜县的一个小村子，村里有几十户人家。此时，临近中午，本该是忙着收拾燃料、烧火做饭的时候，可是几位阿妈却聚集在全觉家，慢慢品尝着全觉家的酥油茶，没人急着回家做饭。直到临近12点，大家才各回各家。

这时候，全觉也开始烧水张罗午饭了。难怪她们不着急，原来她们的厨房里，竟然有方便的沼气灶，可是高原上的低温不利于沼气产生，这个小村子里怎么会有管道沼气呢？

村里人家都用上了沼气

次仁罗布：我们这里有西藏科技厅在西藏境内做的最大的太阳能沼气站。西藏的气温比较低，而发展沼气是需要有环境温度的，所以，我们就采用了太阳能来加热沼气罐，所以这里的沼气站，与国内其他地方是不一样的。

虽然这里肥料资源充足，但高原常年温度低，使得

太阳能帮助生产沼气1

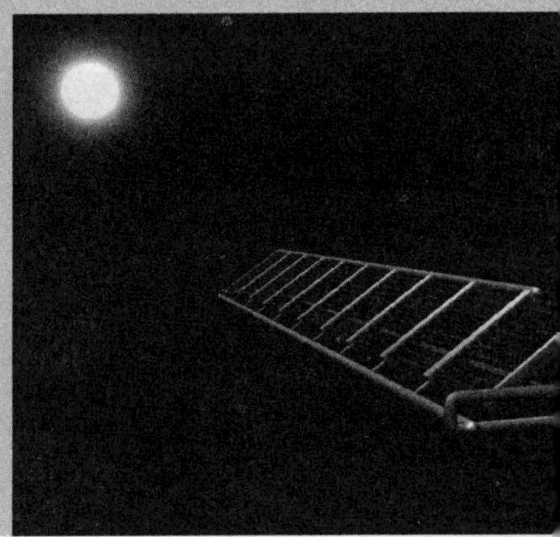

太阳能帮助生产沼气2

能产生沼气的菌种不易存活，根本无法生产沼气。能源研究中心的人们研究发现，雪域高原的阳光，或许就能解决这一难题。

来到村子后面，远远就看见一排排太阳能集热管，这里的居民说，这些就是解决沼气生产问题的关键。记者不禁疑惑了，太阳能集热管怎么帮着生产沼气呢？

次仁罗布：经过太阳能加热过来的水，储存在水箱里，平时水箱的温度可以达到五十多摄氏度，然后热水又流到沼气罐里头，于是沼气罐里头的温度升高，可以达到38摄氏度到40摄氏度左右。

原来，太阳能集热管利用太阳辐射的热能，使得管内的水温上升，循环的热水提高了发酵池的温度，于是顺利产生沼气了。

马胜杰：因为这里属于高寒缺氧地区，所以必须加上太阳能，有了保温系统沼气才能利用得上。

有了太阳能保温系统，这个太阳能沼气站已经平稳运行了将近一年，每天分别在早晨、中午和傍晚给村子提供两个小时的沼气用来做饭。这种全新的生活方式，让附近乡亲们耳目一新。

马胜杰：现在我们的沼气有三位一体的，还有四位一体的，主要是利用太阳能来进行沼气的菌种发酵，同时利用这个大棚解决了种菜的问题，也就是说，大棚、种菜、沼气池、厕所和饲养牲畜的棚子等问题都一并解决了，这就是三位一体、四位一体的

太阳能提高发酵池温度产生沼气

太阳能发电

沼气，现在运用得比较多。

沼气对于藏族同胞来说可是新事物，毕竟在传统藏族人的记忆里，家家烧饭离不开烧牛粪的铁炉子。在藏北草原上，毡房里的小铁炉子烧着牛粪，一家人总喜欢围坐在炉子边，但是这样的做法烟很大，把炊具都熏黑了，许多老人的眼睛也熏坏了。后来定居下来的人们，换上了大铁炉子，烧水、煮肉很方便，可主要还是烧牛、羊粪和柴草，老阿妈一得空就出门捡牛粪，家家户户院子前都有高高的牛粪堆。

如今，村里几十户人家都用上了干净的沼气灶，这种全新的能源方式，改变了他们的生活。

多吉：现在农牧区的人们很多生活方式都改变了，生活结构也发生了变化。

自从用上沼气后，村里人出门找柴草的少多了，村子后山的环境情况也有好转，如今已经长出了半人高的花海，环绕在山下的水也更加清澈。环境好了，村里的年轻人在专家的带领下盖起了大棚，利用阳光在这原本高寒的地方种植起各类蔬菜。老人们原本想都不敢想的绿色瓜果，现在已经走进了百姓家。

太阳光是西藏本地的好资源，在雪域高原上，人们利用这里灼热的阳光，竟然克服了多年的难题。不过，专家们并不满足于此，此时他们又把目光锁定在露天的太阳能材料上，这些和我们在低海拔地区见到的外形差不多，专家们在关注什么呢？

太阳能对于我们来说并不陌生，现在很多城市、很多家庭都在使用太阳能。比如很多路灯就是一块太阳能板，利用这个太阳能板白天吸收太阳的能量，晚上就给灯泡提供电力。

不过，就像久居平原内地的人，到了西藏会产生高原反应一样，太阳能板在平原地区使用得好好的，但是一到高原，面对当地严酷的自然环境，就很有可能承受不了。比如说这里的低温、风和雪，都会使太阳能板利用效率和使用寿命大大降低，如何设计出一套专门针对高原地区特点、能够对抗当地恶劣环境的太阳能收集装置，就成为科研工作者一直想要解决的问题。

周李庆在能源检测中心工作，从西藏发展太阳能开始，这个检测中心就开始工作了。他们发现在海拔低的地方很好用的太阳能板，到了高原不一定好用，可是从外形上很难看出区别，这该如何判断呢？

周李庆：我们通过检测可以看出，它有很多瑕疵，比如长期在外使用后会出现衰减，并且在内地通常是一个标准大气压，这和高原地区的气压完全不一样。

把太阳能板固定住，检测机器将要用冰雹撞击太阳能板，选择板上不同区域的11个受力点，模拟户外冰雹环境下，太阳能板还能不能正常工作。结果显示，在一些海拔低的地方合格的太阳能板，在这儿竟然被打碎了，立即引起了大家的注意。

周李庆：太阳能板的外层具有绝缘作用，但是被冰雹一打，漏电了，如果这时候人去维修，就很容易被电击伤，这种打裂了的组件就不能用。

在检测中心大楼里，共有大大小小19个检测项目，包括沙包撞击试验、模仿极大温差的检测箱等，这些检测目的只有一个，那就是寻找到适合在雪域高原上使用的太阳能组件，即使在室外恶劣的气候环境里也不容易出故障，还能融集热、发电等功能于一体。研究人员在调查中发现，雪域高原上还有一些无电村、无电乡，帮助他们解决用电问题，迫在眉睫。

次仁平措：有的地方住户之间距离很远，甚至相差一百千米以上，这种情况下电网是无法延伸的，就只能利用太阳能，因为太阳能携带方便，并且没有资源损耗。

由于地广人稀，电网覆盖有难度，燃料短缺也不利于发电，太阳能是最佳选择，

冰雹实验中打碎的太阳能板

一家一户一块太阳能板，就能解决晚间照明问题。能源中心的人们在研究中发现，西藏的阳光非常利于发电，因为这里一年中日照天数平均在275到330天之间，且平均每天日照时间达到6小时，这里阳光的峰值日照时数很高，也就是说这里的太阳光辐射发电的效果惊人。

王俊乐：比如一个1 000瓦的太阳能电池板，在西藏地区一天下来可以发4.7度电，而同样的太阳能板在内地只能发2.7度电。

这些年来，专家们一直致力于帮助无电地区的人们过上有电的生活，他们行走在无电地区，建设太阳能电站。藏北草原上的香茂一村，如今已经摆脱了无电的旧貌，村后建起了一座太阳能光伏电站，为这个只有几户人家的村子供电。随意走进一户人家，都能看到电给他们的生活带来了极大变化。

太阳能板

多吉：不仅改善了他们的生产、生活方式，也提高了他们的文化娱乐生活水平。

现在，曲多老人逢人就夸太阳能发电好，他家里不仅有了电灯，还看上了电视，每天都能知道远近的新闻。老伴次曾更是没想到，打酥油茶竟然可以不用费力的茶桶了，由于家里通了电，直接用上电动搅拌机，省时又省力。一说起这事，老人总是笑，有电太好了。可是大伙儿还是担心，这偏远的村子，根据统计表明，一年中总是有一些时间是阴雨天，太阳能电池板不能发电，虽然有蓄电池能储蓄一些电能，但毕竟容量有限，一旦电能供应不足，断了电

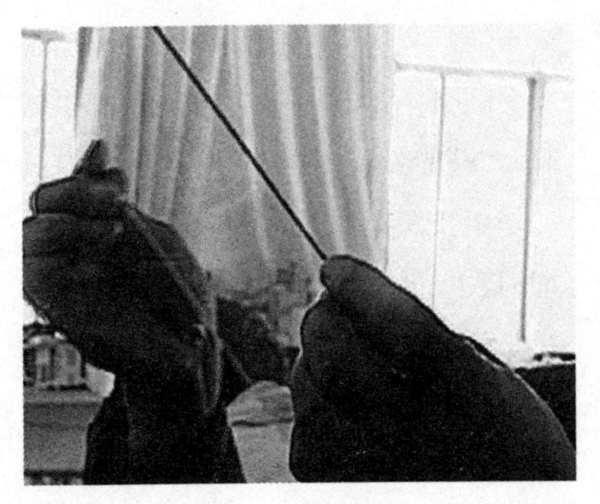
导电玻璃

怎么办。专家开始考虑，能不能找到其他能发电的绿色能源。

次仁平措：西藏的风密度很低，但是风速很大，不过这也是有季节性的，一般春季和初冬时候风力资源要好得多。

次仁平措考虑，能不能在风资源好的时候，利用风能和太阳能互补发电呢？

他的设想很快变成了现实，在藏区我们能看到许多既有风车，又有太阳电池板的发电站，这样的风光互补型发电站，保障了村里人们所需的电力。现在，不仅在普通藏民家里，就是在城市里，更多的人也想好好利用这日光城的阳光。您能想象一座办公楼里，没有接电网的电，全部用电都是由太阳能电池板产生的吗？

牛东：这是一个小型的太阳能光电系统，由6块太阳能电池组建而成，整个功率是1 040瓦，它发出的电是储存在屋子里边的，带有一个储能系统。

走进牛东所说的屋子就能看到一套储能系统，它由控制器、逆变器和蓄电池三部分组成。那么，太阳能电池板怎么发电呢？原来，电池板主要组成材料是硅，硅的特性是在吸收太阳光的时候，可以把光能转化为电能，通过控制器把它输入到下面太阳能专用的蓄电池里进行储存，需要用电的时候，逆变器就把直流电，转化为220伏的交流电源，于是就可以看到办公区的电脑、打印机、饮水机都能正常工作了。门外6块太阳能电池板就能让这个办公室里的用电达到了自给自足，节能效果明显。

牛东：我们简单地测算了一下，太阳能每发一度电，相对于火电可以减少90克的二氧化碳的排放，每发一度电相当于节约了240克的标准煤，是非常清洁，非常环保的能源。

太阳能电厂

我们看到了利用阳光，带来的这些便利，可是研究太阳能的人们，却没有停下探寻的脚步。两年来，他们每天检测太阳能材料的工作情况，竟然发现了一个不足之处。

他们发现，因为阳光照射角度的问题，大型的太阳能收集板接受阳光的角度永远是固定的，比如阳光照到它的背面，就无法采集。那么，有没有什么方法和手段，能让这个采集板随时面对着太阳的方向进行采集呢？

专家们设想，如果让太阳能电池板随着太阳移动，那么在单位面积上是不是就能发更多的电呢？

王俊乐：我们想制造一种能跟踪太阳的太阳能电池组件，最主要目的就是尽可能多地利用太阳能资源，在单位面积上面，尽可能多地发电。

经过多次实验，他们的设想终于变成了现实。

眼前这三台能跟随太阳移动的太阳能发电系统，每天都和太阳移动的步伐一致，从东到西移动，接受最强的阳光，使得太阳能电池板，能接触更多阳光从而有效发电。

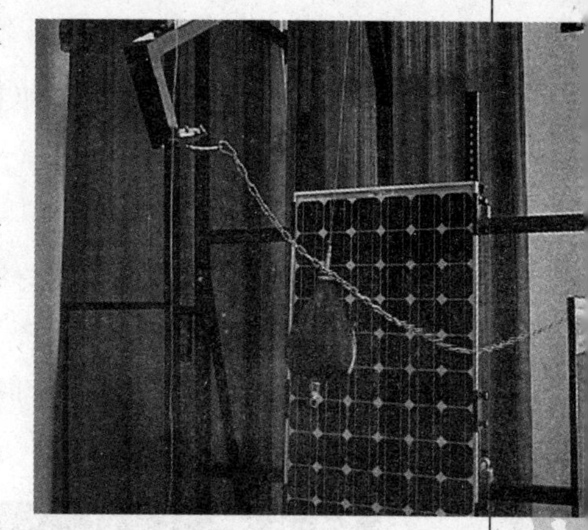

沙包撞击实验

祁彦武：它的最大特点就是每天早上会跟着太阳从东边升起，晚上跟着太阳从西边落下，把太阳能的转换功率发挥到极致。

利用太阳能发电，在提高一个百分点都不容易的情况下，跟踪太阳能系统将发电量提高了30%，这实在是一个令人惊叹的数字。

不过，专家们并不满足，此时他们还在关注，能利用太阳光的新材料。西藏大学诺桑老师正在尝试一种新的太阳能发电材料，小小的一块放在太阳下，很快就有电流出来，所不同的是它和硅组成的固体太阳能材料不一样，只是一层薄薄的液体涂层。

它是由什么组成的呢？

诺桑：我研究的是一种化学太阳能电池，叫闪亮美化（谐音）太阳能电池，成分包括导电玻璃。其原理是在导电玻璃中间加入化学药品，比如二氧化钛。这个二氧化钛需要染色，染色后合起来，中间放一些电解液，从而构成了这个太阳能电池。

这层薄薄的白色物质，在阳光下就能发电，原来这白色物质是二氧化钛。它的发电原理是吸收太阳光后分子远端的电子被释放，放出的电子一个接一个地到达导电玻璃层，然后聚集起来，使得夹着二氧化钛涂层的上下两块导电玻璃之间形成了电压，连接后产生了电流。更吸引专家的是这种化学太阳能发电材料，可以直接刷在其他导电材料上。

诺桑：与固体太阳能板不同，它可以做成柔性的，也就是可以把它卷起来，甚至可以随身带走。我想，如果技术过关的话，将来可以将它做成建筑的门窗等，因为钛是透明的，很适合做成门窗，同时又能很好地利用太阳能资源。

如果能做成卷起来，带着走的太阳能板，对于牧区群众来说，将是非常有利的。研究中人们发现，在阴天光线不太强的情况下，刷着发电材料的玻璃还是让小风扇转了起来，这说明即使光线微弱它也能发电，这让太阳能研究所的专家们，又有了关注的新方向。

如今在这雪域高原上，到处能看到人们利用阳光这种绿色新能源。而今的西藏已经建成了大型并网太阳能光伏电站，随着材料和技术的发展，以后利用阳光新能源之路将会越走越宽。

相对于内地而言，在青藏高原大力推行这种现代的清洁绿色能源，是更有好处的。首先，当地的自然生态环境较为恶劣，并且生态系统相对脆弱，如果还采用内地大量使用的煤用石油，毫无疑问，将对当地的自然生态环境造成进一步的影响；其次，内地为了配合过去的老式能源消费结构，因而用电系统的很多东西都是按照这个标准来建设的，如果大量采用新能源，就必须要改变传统的那些方式和已经存在的设备，这笔投入也是相当大的。而西藏地区原本属于经济不发达地区，恰恰这些基础设施的建设并不是很发达，这样只要进行一次性投入，就可以增加很多的好处。

涂抹化学药品

综上所述，在雪域高原地区推行一些清洁能源，实在是造福于民的一件大好事。

（李杨琛）

机器小鸟

2011年5月，我们来到西北工业大学，探访一个研究微型扑翼飞行器的团队。所谓微型扑翼飞行器，就是这个有着两片透明翅膀的小飞机。这天上午，西北工业大学航空学院的高广林博士和他的团队带着仪器设备，要在球场里进行飞行器的试飞工作。就是这样看上去简单的小飞机，它能飞得怎么样呢？

看上去这个机器小鸟飞得还不错。不过，我们观察到，机器小鸟在飞行中，总会有一些意外情况出现，于是，我们准备对机器小鸟进行一个测试，希望它能够完成一次定点降落，飞进球场的球门内。它能不能完成这次任务呢？

这是第一次起飞，因为准备不充分，电池电量不足，测试失败。第二次，小鸟虽然瞄准了球门方向，但在降落的时候，它还是没能飞进球门，而是落在了球场中间。只有三次机会，它能不能完成任务呢？

最后一次机会，机器小鸟终于在第三次飞行中，飞进了球门。

飞行中的机器小鸟

这个测试的难度在于操作人员的精

乌鸦追赶机器小鸟1

乌鸦追赶机器小鸟2

准控制，因为飞机低空飞行，速度很快，手眼配合一旦出现误差，飞机就会掉在地上，摔得不轻。

在我们进行机器小鸟测试的时候，球场上，西北工业大学幼儿园的小朋友正在上体育课，看到机器鸟的测试飞行，小朋友们欢呼雀跃，大家对这个翅膀会动的机器鸟感到非常好奇。

这只机器小鸟在天空中飞起来的时候，真是像极了一只真正的小鸟。其实，除了能够低空飞行，机器小鸟还有一个作用。在之前的试飞中，高广林博士他们就发现，机器小鸟一旦在空中飞行盘旋时，总会有一些真鸟被吸引过来一起跟飞。所以，在机场使用这个扑翼飞行器，可以起到带领驱逐鸟群的作用。

在一次试飞中，机器小鸟遇到了一只乌鸦，这只乌鸦对机器小鸟很有敌意，一直跟着机器小鸟飞了很久。

利用机器小鸟会吸引很多真正鸟类跟飞的特点，它可以被放在机场上空飞行，进行驱逐鸟类的工作，这样的应用，能有效确保民航飞行的安全，避免过去人工驱鸟的麻烦。可是，研究这样一款机器小鸟，难道仅仅是作为吸引小朋友的飞行玩具，或者仅仅为了驱鸟吗？

秦岭是横亘我国中部地区东西走向的巨大山脉，这里山高林密，景色优美，是很多户外旅游探险者的乐园。因为距离西安市区较近，近年来，很多市民闲暇之余选择登山旅游，但同时，很多探险者也常会遇到一些意想不到的危险。

2011年5月，西安市户外救援队接到一个救援任务，一位学生孤身一人在山里走失，已经一天一夜没有回家。

这支救援队是西安市的一家专业登山救援队伍，成立于2009年，已参与过多次大型救援活动，在山地救援方面有着非常丰富的经验。

虽然经验丰富，但是这次接到的任务是在秦岭山区深处，这里植被茂密，地形复杂，遇险学生的位置不明确，给搜救工作带来很大难度。

由于地形复杂，要想在极短时间里，找到被困的学生，确实非常困难，而救援人员知道，每拖延一分钟，对被困人员的生命都是威胁，情急之下，救援队与西北工业大学航空学院取得了联系。

在2010年，西安市户外救援队就与西北工业大学航空学院进行过几次联合搜救演练，参与的主角就是这个能像鸟类一样飞行的微型扑翼飞行器。那么，这个小小的机器鸟，能在搜救中做些什么呢？

在以前的试飞演习中，这个机器小鸟曾多次成功完成了任务，它利用机身装载的信息采集系统，把地面的情况及时传回指挥中心，以便确定搜救范围。但是这次在真正的搜救中，它能不能顺利完成任务呢？传回来的图像能不能很好地分辨出被救人员的位置呢？

高广林（西北工业大学航空学院 博士）：扑翼飞行器目前装载的有效载荷主要就是微型数字摄像机，用于

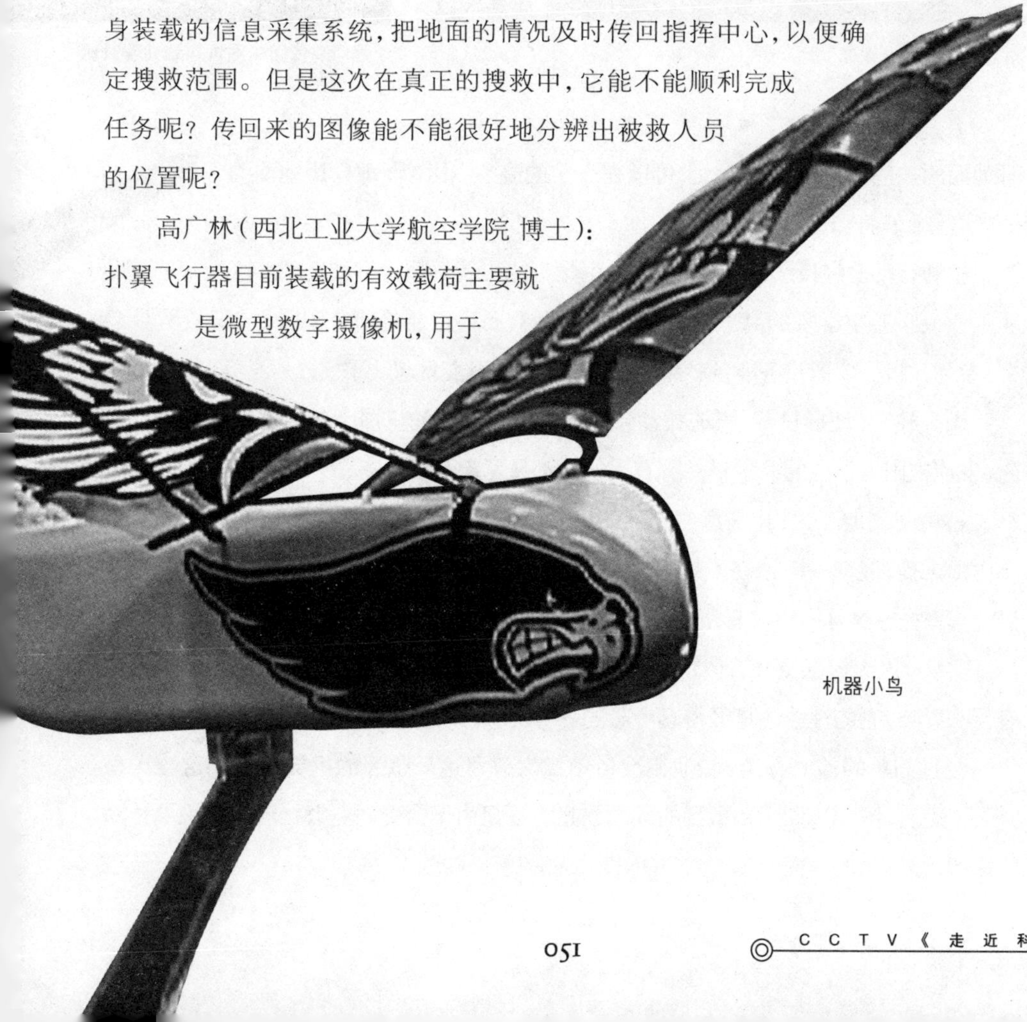

机器小鸟

机器小鸟传回的图像

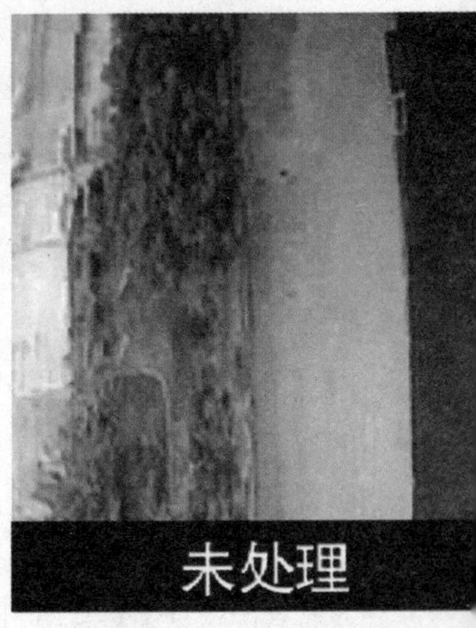

机器小鸟传回的图像抖动处理对比

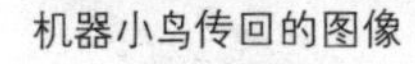

对地面的一些目标进行拍摄，它可以在一定的高空，很清晰地分辨地面的一些房屋、车辆、人员。

搜救行动已经持续了一天时间，被困学生的位置仍然没有被发现。这天下午，西北工业大学航空学院的高广林博士带领微型扑翼飞行器的研究团队，与搜救队员会合，参与救援。仪器设备准备就绪之后，扑翼飞行器准备起飞了。

山高林密，地形复杂，气流扰动频繁……这只勇敢的机器小鸟能够在最短的时间内，发现被困大学生的线索吗？所有人的心都悬了起来。

小鸟刚飞走不久，让人意想不到的事发生了，只见盘旋了两圈之后，这个机器小鸟出师未捷，竟然一头撞在了树上，是不是机器小鸟的性能出现了问题呢？救人的希望能够寄托在这样一个仅有塑料翅膀的小家伙身上吗？

其实，这次超低空飞行时的撞树事件，只是一次突发性的小意外，对机器小鸟没有什么影响，它的性能还是经得起考验的。

经过简单的检测和调试，他们准备第二次放飞这只坚强的机器小鸟。这一次鸟儿飞走之后，顺利传回了拍摄到的地面信息。可是由于会受到空气扰动以及机翼扑动的影响，传回来的画面，稳定性差的问题又如何解决呢？

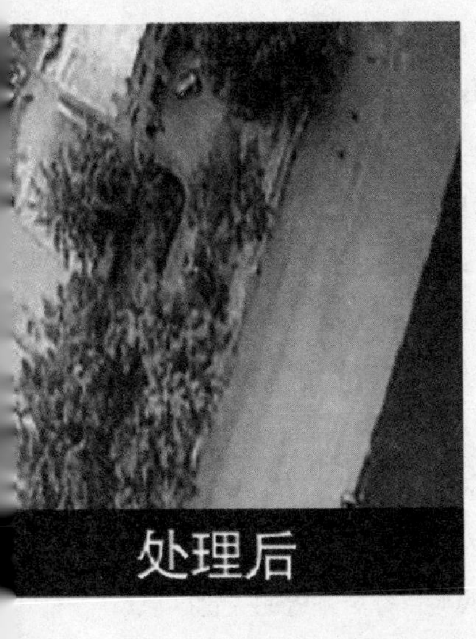

原来，机器小鸟配备了后台图像处理系统，实时传回的抖动画面经过处理，可以变得非常稳定，为救援指挥中心决策提供了可靠信息。可让所有人失望的是，这一次机器小鸟飞行历时5分钟，传回的信息里却没有发现遇险学生的任何线索。时间在流逝，被困人员的体能还能坚持多久呢？

经过短暂调整，机器小鸟第三次起飞，希望这次能够发现遇险学生的信息。

经过十多分钟的搜索，救援人员终于通过地面显示的实时传回来的航拍图像，看到大山深处搭建的一个帐篷，以及一个蓝色信号弹。救援队员通过画面中目标的坐标，根据卫星定位系统再次进行计算和分析，最终确定救援目标的位置。目标有了，被困学生也就有救了。搜救队员根据精确计算出的这个目标，迅速赶到出事地点，经过细心搜索，搜救队员及时救出了这名迷路的学生。

纵观飞行器的发展历史，近年来，随着微电子和微机械等技术的飞速发展，飞行器的设计开始出现一种向小型化、微型化发展的新趋势。微型飞行器的研究已经逐渐演变为

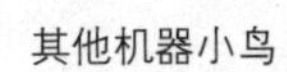
其他机器小鸟

世界范围的飞行器和机器人领域的研究热点，而飞行器要微型化，机翼的设计显得非常重要，西北工业大学航空学院设计的这种飞行器就采用了扑翼设计，顾名思义，这种飞行器的机翼是模仿鸟类的翅膀扑动而得来的灵感。

由于固定翼和旋翼以及扑翼飞行器在飞行的过程中，机翼产生的空气动力，有着很大差别，所以，如果要想把飞机做得很小，就必然要采用扑翼的方式。扑翼飞行器通过扑动一对或多对机翼，产生飞行所需的升力和推力，通过无线电遥控或自主飞行系统进行飞行控制，并能够携带一定的有效载荷执行预定任务。这个特点，是其他飞行器无法比拟的优势。

近年来，针对扑翼飞行器中的空气动力学研究成果表明，扑翼飞行器机翼的扑动，使得其飞行姿态与自然界的飞行动物十分类似，地面人员几乎无法用肉眼区分它与鸟类的区别，未来的昆虫级的扑翼飞行器，甚至可以进入与目标更贴近的关键区域执行任务而不被发现，这使得扑翼飞行器具有极好的欺骗性和隐蔽性，具有很高的作战效能和战场生存能力。

微型扑翼飞行器是一个涉及多学科的高新技术领域，这项研究在一定程度上反映一个国家的科技水平，不仅对国防建设有重大意义，同时也能够在多个民用领域获得应用。在不久的将来，微型扑翼飞行器必将应用在多维空间，成为我们未来生活的新伙侣。

（张瑞晰）

田里的英雄鳖

浙江奉化的种粮大户陈海月最近有点烦，他每天早晨都会发现自己水稻田里的秧苗不见了。

陈海月：到今天上午一共补过3次了，总是今天插下去，明天就没有了，明天再补，后天一下又没有了。

刚插的秧苗第二天就被人剃了光头，给人感觉好像水稻在一夜之间就成熟了，然后就被人割掉了。但事实上却并非如此，到底是什么原因，就连老陈自己也说不清楚。

要说是有人偷割，可是稻子还没长出来，谁能割呀？那是虫子咬的？可虫子咬的应该会留下一个个窟窿眼儿吧？再说，一夜之间这么大一片地里的苗都没有了，虫子的数量规模得有多大呀？可这到底是怎么回事呢？

周华光（奉化市农技服务总站植保植检科科长）：当时有很多农户都打电话到市政府去，说水稻发生了缺苗断垄的危害，好多都已经倒苗了。

就在灾害蔓延的同时，一些奇怪的东西也正悄悄出现在小河边、农田里，那里突然开出了很多奇怪的花朵。它们刺眼的鲜红色，非常惹人注意，这东西是

福寿螺的卵

什么呢？

郑许松（浙江省农科院副研究员）：这个东西以前从来没有发现过，红色的，一颗一颗的，远远看上去像是草莓。

许燎（原宁波市农技推广总站植保植检科科长）：这东西特别醒目，特别鲜艳，让人看了心里有种很不舒服的感觉。

这个看上去像草莓的东西和受害的水稻有没有关系呢？“红花”都“开”在稻田附近难免让人生疑！而且，稻田的水下有什么在慢慢爬行，那个东西看起来有些像田螺，但又不是。

福寿螺的牙

郑许松：这个螺个头特别大，是我们当地螺的好几倍，甚至10倍。我们测量过，其中最大的螺可以达到200克以上，甚至是300克，当地农民都没有见过。

好奇的农民挖出那些大个田螺的肉，里边也有类似鲜红花朵的颜色，“鲜红花朵”会不会就是大田螺的卵呢？会不会就是大田螺在毁坏庄稼呢？以前为什么没人见过它呢？

福寿螺毁坏庄稼

郑许松：这种螺的原产地是在南美的亚马孙河，在巴西、阿根廷两个国家。

原来，它就是大名鼎鼎的福寿螺，是作为一种食用螺被引进的，由于曾发生过寄生虫病，后来人们就不再食用了。因为不是本地生物，所以一开始当地科研人员对它的脾气秉性也不熟。看着它柔软而又鲜嫩多汁的样子，不像是能拦腰斩断秧苗的凶手，这么柔软的小动物能造成大片稻田的灾害吗？

仔细看看，稻田里这样的福寿螺还真不少，观察一下行踪，有时候它们的确会抱住一些秧苗，但很快就离开了，会是它们干的吗？如果我们耐心一点，就会看到它们的另一副面孔，它们柔软身体里深藏着凶器——牙齿。

当夜幕降临，它们行凶的时候到了。

果然就是这些看似柔软的东西在残害秧苗。那该怎么办呢？这样的东西应该不难对付吧？

周华光：开始的时候农户主要是打农药，用5%四聚乙醇来打农药。

可是农药打过，福寿螺依然还在，而农药的危害却又显现出来。

郑许松：杀螺剂的作用机理是破坏福寿螺的壳，可是用了之后才发现，它对人的指甲也能造成损坏。因为人的指甲跟螺的壳有些相似，所以我们就不敢再用这种药了。另外，它毒性巨大，对水生生物以及水系统里面的生物破坏性很大，所以更不能用了。

不能用农药，福寿螺就越来越多，水田里到处是游动的杀手，受灾的面积越来越大，农民们叫苦不迭。怎么办呢？

陈海月（村民）：一亩水稻我们农民能收成多少？大概也就是五六百元，像现在这样的苗，应该要影响200元的收入。

周华光：现在我们这里都是规模性种植，农户都是种粮大户，如果水稻被福寿螺吃掉了，一季的收入就会减少很多，肯定会挫伤他们种田的积极性。

在当地的水田里，常常能看到一些拿着袋子到处寻找的人。他们就是当地政府花钱请来收集消灭福寿螺的，而这样的收集代价也不小。

周华光：请人收集福寿螺的工钱大约是120元一天。

许燎原：因为要动员很多人参与，所以这个投入也是比较大的。

人工捡拾福寿螺每天都收获不少，可田里的福寿螺反而越来越多，这是为什么呢？因为福寿螺个个都是英雄母亲，一年要产卵20到40次。

郑许松：有人做过统计，福寿螺一年可以产3 000颗到5 000颗卵，如果连续两代，在极端的情况下，可以产卵达到30万颗之多，它的繁殖力是非常惊人的。

农药不能用，人工捡拾赶不上它的繁殖速度，福寿螺成了农田里无法治理的灾害源。可就在离陈海月家不算远的四维镇，也是种粮大户的邬亚岳却在干着一件奇怪的事情，他和妻子花钱把福寿螺收购回来，然后投到了自己家的水稻田里。既然福寿螺是水稻田里的杀手，怎么还会有人引狼入室呢？

明明知道福寿螺祸害稻田还把它大把大把往里扔，这是为什么呢？养福寿螺？

10年前倒是不少人养殖福寿螺，可现在这东西根本没有人吃，就算养了也卖不出去。那到底是什么原因呢？邬家人告诉我们，这是他们专门去余姚那边学回来的一个方法。

在浙江余姚的河姆渡，这里曾出土了7 000年前的水稻，而现在这里种植最多的农作物和水稻的样子有些相像，但它们不是水稻，而是水稻的亲戚茭白。

郑许松：茭白和水稻都是属于禾本科的，这两者之间是有一定亲缘关系的，也有人把这个茭白叫做野水稻。

虽然是亲戚，但茭白现在被人们当做一种蔬菜，它的可食用部位是变异后膨大的茎，而这样的地方更容易被福寿螺啃食，被啃后的样子看上去比水稻秧苗还要明显。

在余姚的茭白田里，这种奇怪的投放福寿螺的场景更是常见，而且投放的数量更是惊人。

钱爱忠：我们这里动辄就往田里投放一万斤福寿螺。

福寿螺如此伤害农作物，为什么他们却把大量凶手投到田里呢？茭白田里有什么秘密？钱爱忠特意把茭白田里的水放掉，让我们看看这里到底有什么。

原来这里边有甲鱼，学名叫做中华鳖。

要说茭白田里中华鳖的来历，那还得从几年前福寿螺成灾时说起，当年灾情严重时余姚市农科所所长符长焕没少动脑筋。

符长焕（余姚市农科所所长）：2002年、2003年的时候，福寿螺危害已经非常严重，我们这里郊区有6 000亩茭白，基本上都有福寿螺，当时老百姓也怨声载道，没有办法来治理。

区区一种田螺，为什么连农业科研人员都没办法对付呢？原来，致命之处就在于它是外来物种，而且被国家环保总局列为“16种危害最大的外来物种”之一。外来物种为什么就容易造成灾害、就难以对付呢？

许燎原：没有有效的天敌来控制这个种群的扩散繁衍。

郑许松：在福寿螺的原产地，其实它是有天敌的。据报道它有四十多种天敌，包括鸟类、龟类、昆虫等。但是，福寿螺被带入我国，它的天敌却没有被同时带过来。

没有天敌，水田里的福寿螺为所欲为，尽情繁殖，符长焕觉得自己被逼上了绝路，怎么办呢？

符长焕：最严重的时候，它的密度可以达到用手一捧就是一大把，当时老百姓意见很大，可是什么有效的农药和防治方法都没有。所以当时我们就考虑，能否用生物的方法来进行防治。

生物防治，其实就是给福寿螺人为地寻找一个天敌。那么，什么东西能吃掉福寿螺呢？当地的水田里也有不少田螺，鸭子就是它们的天敌。同时，符长焕还找到另外两种生物，据说也能吃螺。

符长焕：当时我们通过网上检索以后，发现青鱼、甲鱼能吃水中的螺蛳，于是我们就考虑用这两种生物，因为青鱼对水质的要求比较高，要有一定的水的深度，而甲鱼对水的要求并不是很高，所以我们最终选择了甲鱼。

农业科研人员把鸭子和甲鱼投放到茭白田里做试验，虽然两种动物都能吃当地田螺，但对付福寿螺不知是否有效。不久后，水面上漂起了福寿螺的空壳，这是谁干的呢？鸭子比较好养，人们最先寄予厚望的就是它，鸭子们表现如何呢？

符长焕：后来我们发现，鸭子对于中小型螺有些办法，但是吃大的福寿螺却不行。

许燎原：因为鸭子的嘴巴不够大，而大螺的壳却是非常大、非常坚硬，鸭子受它自身生理结构的限制，没法把大螺吃掉。

禽类都没有牙齿，鸭子咬不碎个头大的福寿螺，而且鸭子的嘴前端是平的，无法从螺壳中啄出螺肉来。那么，吃掉福寿螺的就只能是中华鳖了。

现在，办法找到了，中华鳖很快就将田里的福寿螺吃了个干干净净。既然目的已经达到，那是不是鳖也就可以退出这个舞台了呢？不，人们发现，不仅不能让它退出，还得让它好吃好喝地活着。

福寿螺终于被消灭，为何还要高价收购往田里投放？茭白田里养的鳖与水泥池里的养殖鳖有什么不同？茭白田里能养鳖，为何水稻田里养不了？怎样才能消灭水稻里泛滥的福寿螺？

钱爱忠：以前我们这里福寿螺多的是，每亩田一千斤不在话下，现在没有了，我们还特意到奉化花钱去收购，一块钱一斤。

钱爱忠为什么不惜高价，花钱买福寿螺呢？每只鳖一天要吃掉一二两螺，这么贵的福寿螺喂鳖能不亏本吗？

许燎原：目前在我们宁波市场，这种甲鱼的售价每斤在150到200元钱，远远高于那种普通养殖的甲鱼。

养殖的甲鱼市价也就二三十元一斤，这些茭白田里藏着的甲鱼真能卖出高价

中华鳖

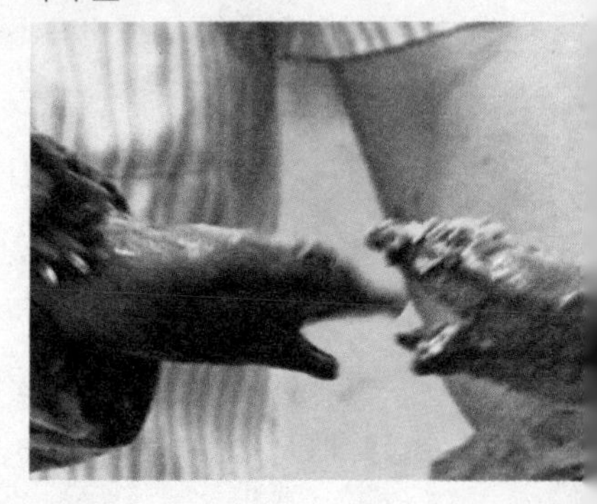

凶猛的中华鳖

吗？它们有什么不同之处呢？钱爱忠给我们展示了他田里的甲鱼。

把钱爱忠田里放养的甲鱼和普通甲鱼放在一起比较，茭白田里的甲鱼野性更强，而且它们的爪子也能显示出生活环境的不同。在养殖池子里喂养的甲鱼吃的是人工饲料，它们的爪子也被水泥池磨平了，而每天藏在茭白田里的甲鱼，跟野生环境里一样，要自己捉水田生物吃，爪子也都锋利无比。这样的甲鱼当然能让买主慧眼识英雄了。

钱爱忠：我们养鳖，每亩田里控制数量在35只左右，如果按每只售价200元计算，基本上价格可以达到六七千元的亩产值。

余姚人在茭白里养鳖收益不小，这让种水稻的人家可是羡慕不已，所以，奉化的种田大户邬亚岳才动了心思要在水稻田里养鳖，既能治螺又能致富。如果能在水稻田里养成鳖，那种田人能受益的可就更多了。但是水稻田和茭白田有个很不一样的地方，茭白田的水深，水稻田的水浅，在水稻田里中华鳖无法生存，种稻人又该怎么解决这样的难题呢？

邬亚岳：我在旁边田里、渠里挖了深沟，大概80厘米深，甲鱼就可以爬到这里。

在水稻田旁挖了深沟，甲鱼就能退能进了，邬亚岳这样大费周章改造水稻田经济上划算吗？据邬亚岳说，经过这样的改造，他的水稻田亩产值能达到八九千元。这个数字让人产生疑问：就算水稻田里养的鳖一亩地能让他多收入六七千元，另外多挣的两千元钱来自哪里？答案居然是来自水稻！水稻原来只能卖五六百元，怎么却能卖上2 000元呢？

自从养了中华鳖以后，田里就不再喷洒农药了，因为甲鱼怕农药，它对农药的反应很强烈，沾上一点就死。此外，化肥也用得非常少，因为甲鱼排泄的粪便就可以当化肥来用。这样一来，地里的土质特别肥，化肥基本上不用，稻子也能长得很好，每斤能比普通的稻子贵出好几倍，这样一算，亩产值八九千元是不是就顺理成章了呢？

（李　苏）

中华鳖特写

行走绝壁的机器人

CCTV10
中央电视台

又是一天深夜，南京航空航天大学的戴振东教授依然蹲守在一个笼子旁。

笼子里卧着一只只硕大的壁虎，体形是寻常壁虎的两倍。可是，戴教授是研究机械的专家，这一只比同类大出很多的壁虎，怎么成了他观察的对象呢？

壁虎是蜥蜴目的一种，盛产于全球各地。当它的尾巴被按住时，尾巴却能跟身体自动断开。随后，因为身体里相关激素的刺激，尾巴又可以再生长出来。正是这样一系列奇特的生理特性，让壁虎在人们的印象里，显得有点儿熟悉，而又神秘。

专家：只有壁虎科的壁虎能够爬墙，其他的爬行动物，比如乌龟、蛇等，它们虽然也属于爬行动物，却没有爬壁功能。包括普通的蜥蜴也不能爬壁，只有壁虎有这个功能。

除了壁虎奇特的生理结构，壁虎飞檐走壁的运动方式也深深吸引着戴教授。为此，早在10年前，他就已经开始寻找壁虎。

专家：有人跟我说，他逮着一窝壁虎，于是我就在里面选了几只个头大的用于实验，小的就放生了。但是我后来发现，本地产的壁虎个头很小，观测起来比较困难。

壁虎爪子的爬墙动作

南京本地壁虎因为身形小巧，动作敏捷，让人们对它的观察变得非常困难。经过几番周折，最后他在广西找到了这种体形大的壁虎。

对于戴教授来说，找到了这种大壁虎让他兴奋不已。他观察得入神，时不时还冒着被咬的危险抓一只出来翻看，他到底在看些什么呢？

原来，戴教授要做出一个类似壁虎的机器人来！无论是光滑的墙面，还是头上的屋顶，这壁虎机器人都能如履平地。要做出这样的机器人，又有什么用处呢？

戴教授：9·11恐怖袭击给大家的影响非常深，虽然当时还没有想到要做仿生壁虎机器人，但是反恐侦察相关的需求已经慢慢变得很重要了。

对危险现场的探查，让专家们想模仿壁虎做出一个机器人来，让机器人能够代替人出入危机现场，不论这种危险现场是平地，还是悬崖，这种机器人都可以任意穿行。

可是就在专家查阅国内外的资料时，他们发现，有做手术的机器人，有当服务员的机器人，已经投入使用的机器人，大多都是站在平稳的地上，腾出两只手干活，或者

壁虎的爪子

走在平坦的地面上履行它的职责。能够上垂直墙面行走的机器人还寥寥无几,那又该怎么做出这个机器人来呢?

专家:具有爬壁功能的机器人跟一般的四足机器人不一样,它首先需要一种粘附材料,就是它得具有吸附能力。

在直立墙面能够行走的机器人,首先要能抓住墙面,其次就是每当它抬起一次脚,都要克服重力的吸引,保证不会掉下去,然后继续向前、向上行走。

经过几番周折,专家们把目标锁定在了壁虎身上。他们想模拟壁虎,做出一个类似壁虎的机器人,让这个机器人也可以飞檐走壁。

而前面提到的那一只只大壁虎,专家们就是想要从它们的身上,找到壁虎能够随意穿行直立墙面的原因。

专家:我认为这个机器人的脚掌上应该有一个吸盘,把里面的空气抽掉,就能吸在上面,所以它的脚掌应该是一个吸盘的形式。现在也有这种仿壁虎机器人,贴到墙上后,把里面的空气抽掉,然后通过负压就吸附在上面,这个就是真空吸附。

真空吸附,就是把一个小空间内气体抽干净,而外界空气压力依然存在,这样会形成物体内外表面压力的不同,让物体被牢牢地压住,达到固定的目的。人们怀疑壁虎爪子奇特的抽真空生理结构,让它能够牢牢地抓在墙上。

戴教授:壁虎到底是怎么运动的,我们当时不清楚,甚至在当时,《大百科全书》还写壁虎是基于抽真空吸附原理,是靠吸盘吸上去的。

对于壁虎爪子能够抓在墙上的原因,各国专家有着各种各样的解释。的确有一些动物是靠抽真空原理,得以在绝壁行走。可对于壁虎来说,这个推测似乎并不成立。

专家:当墙面比较平坦的时候还可以行走,但是如果在粗糙不平的表面上,要想把它粘到表面抽出空气,实际上很难做到,因为总是会有新的空气进来。

真空吸附,主要适用于平滑的表面。而壁虎行走在野外,它脚下的路可能是平坦的,也可能粗糙不平,可是壁虎都能一一走过,看来壁虎脚并不是因为具有吸附效果,才能抓在墙上。壁虎的脚又存在着怎样的奥秘,让它能够在墙面自由前进呢?

能够行走于垂直墙面的动物,不只壁虎,还有很多其他动物。

专家：比如我们曾经做过蝗虫的脚掌，后来在研究过程中，还做过斑衣蜡蝉、东方龙虱，甚至做过树蛙的脚掌。

蝗虫、树蛙都可以在墙面自由行走，可是戴教授他们为什么偏偏要选择壁虎作为模拟对象呢？

专家：国外现在也有很多人在对大壁虎进行研究，主要也是抓住了大壁虎这个超强的黏附能力，它的黏附能力是其他动物所无法比拟的，因为大壁虎的体重可以达到100克以上，而据观察，大壁虎最快的爬行速度可以达到每秒1.5米。

壁虎的极大优势，让全世界的人们都在积极探索它运动的奥妙。为了能够找出壁虎脚上奇强的黏附力，专家们每天都花大量时间守候在壁虎笼子前观察着，他们想试图通过观察，能够找到一些动物学家没有注意到的现象。

专家：以前很多研究动物学的专家并没有在这方面给予更多的关注，可能因为这种研究需要新的装备的引入。而我们是研究工程的，恰恰有这个能力，所以我个人认为，这也是我们向自然学习，同时也给我们研究提供手段和视角的一个过程。

壁虎爪子上的吸盘

如果能够做出壁虎机器人，它将可以替代人深入到没有氧气的山洞，没有水源的沙漠。可是，壁虎行走绝壁的奥秘到底在哪里呢？

随着观察的深入，人们把注意力锁定在壁虎爪子的绒毛上。

在显微镜的观察下，人们终于发现了壁虎的奇特之处。就在壁虎的并不起眼的脚掌上，那一丛丛绒毛格外引人注意。

也许，就是这些绒毛发挥了奇特作用，能够让壁虎在绝壁上行走。

专家：壁虎脚掌上面的绒毛，就像一根头发丝一样，会在根部继续分叉，分成几个纳米的结构，非常小，然后通过这个很小的结构接触到墙上。

密集的绒毛已经让壁虎显得与众不同，而再次经过显微镜放大，人们发现这绒毛

末端，还有无数的小分叉，让这原本很细的绒毛变得越来越精细。

当物体细小到一定程度，它与接触物间力的作用会体现出来。

专家：打个比喻，有两个物体的距离稍微远一点，它们两个可以互相吸引，但是近一点就要互相排斥。

这种作用力要在物体极其微小的尺寸下，才能体现出来，而壁虎脚掌的绒毛刚好达到了这种微细尺寸，让壁虎跟接触物体之间似乎可以相互吸引，就好像被吸在了墙上。

专家：壁虎产生的刚好就是处于这种吸引的状态，但是只有物体之间距离达到了分子间距的时候，才能产生这种力，而一般的物体，我们看到宏观的物体，之所以不会产生这种力，是因为表面上看起来是一个平面，而事实上它是凹凸不平的。

每一根绒毛与垂直墙面间的接触，都会产生吸引力，几十万根绒毛的吸引力，共同形成了一个巨大的拉伸力，让体重120克左右的大壁虎，可以轻易地被吸附在墙上。

按照这样的原理，似乎可以很容易就能做出壁虎机器人来，因为只要做出壁虎脚上的绒毛，似乎就可以实现一切了。

专家：我们为了制造这个东西做了一

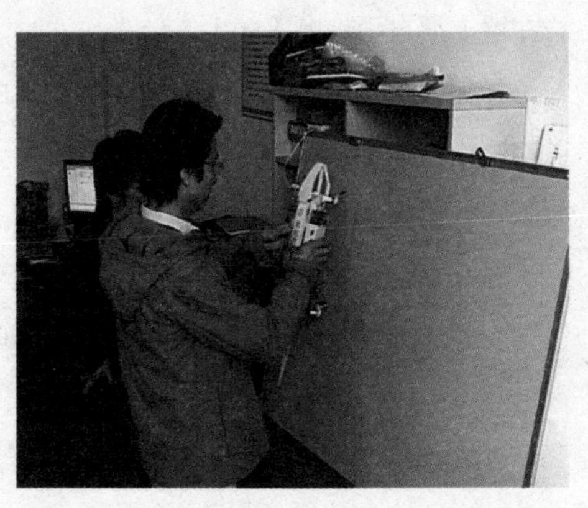

研究人员测试壁虎机器人

测试壁虎机器人

套功能夹具，在它主要的零部件上面，我们打了很多微小的孔。

微细的模板，可以保证浇铸出的模拟壁虎绒毛，足够精细，绒毛可以模仿着制造出来。专家找来了模拟材料，替代壁虎脚上的绒毛，可是当壁虎上墙后，却成了一只睡虎。

专家：其实难点并不在于粘上去，而是在于粘上去以后既要粘得牢固，还要容易脱下来。

壁虎脚上类似的绒毛物质，具备一定的黏附作用，可以让壁虎轻而易举地趴在墙上，可是该如何让趴在墙上的壁虎动一动，甚至走几步呢？

专家：具体到爬墙的时候，爬到一定斜度就爬不上去，本来是黏在上面的，可是自己就会掉下来。

壁虎机器人可以牢牢趴在了墙上，可就是动弹不得，只要爬一步，四只脚互相打架，很快就掉了下来，这似乎离壁虎游刃有余的爬行、甚至跳跃，还有很远的距离，可是，又该如何让壁虎机器人趴在垂直的墙上，自如行走呢？

其实按照这个思路，我们普通人都能想到，只要我们能够模仿壁虎脚上的绒毛，或者这些微绒毛的结构，并且把它人工复制出来，装到机器上，机器就可以像壁虎一样在墙上很自由地爬来爬去。

按照这样的想法，在地面上进行测试的时候，感觉没有什么问题，机械壁虎也可以来回走动，但是真正放到墙上之后就发现，这个壁虎只要迈开一只脚的时候，剩下的脚就承担不住身体的重量，就会掉下来。

看来，还有些地方是需要做出调整的。

专家们反复钻研，做出类似的壁虎脚，可是这一次，壁虎却无法站在墙上自由行走。

专家：仿生很重要的一个方面就是做结构仿生，按照壁虎脚底绒毛的结构以及相应的几何特征来做仿生，也就是说，做壁虎绒毛的结构。

壁虎行走的奥秘到底在哪儿呢？不得已之下，专家们希望通过观察壁虎的行走运动，寻找没有被发现的秘密。

可是壁虎白天休息、夜晚活动，见人、见光就静止的习性，让专家们无法观测，而即便把壁虎激怒，它也是如同逃命样地奔走，让人根本无法分辨出壁虎到底先迈的是哪条腿。

为了能够找到壁虎在墙面屋顶自由行走的原因，专家们不得不开展一个新的研究。

专家：我们设计了一套仪器，实际上是将两种功能结合在一起，一是用高速摄像，拍摄壁虎整个行走过程，同时，把每走一步作用在脚上的力量是多少，以及三维方向的力等都测算出来。

新研制的仪器具备了观察壁虎一举一动的本领。把壁虎放在仪器上，就能够测算出它每一只迈出的脚用了多少力量来压住地面。当专家放慢壁虎的行走姿态，他们发现了壁虎奇特的行走方式。

专家：我们以前认为，壁虎能够爬到墙上去，只要通过分子间作用力粘上去就行了。通过研究我们发现，其实并不是这样，壁虎在水平地面、墙面和天花板上爬的时候，它的行走运动步态是不一样的。

壁虎聪明的走路方式，四只脚之间的密切配合让它在墙面上行走自如。

专家：其中一种行走模式叫对角运动模式，也就是说，它的左前脚对应右后脚，或者反过来，右前脚对应左后脚，当然在换步过程中，就像我们人类跑接力赛一样，会有一段重合的时间。

专家：另外一种运动模式是三角运动模式，通常是三脚处于支撑状态，然后有一脚移动，余下的三只脚则呈一个三角形。

聪明的壁虎会根据路况，来选择该采取哪套方式走路更稳妥。专家们最后采取了三角步态来做机器人，一只脚迈步，三只脚抓牢墙面的行走

研究人员调试壁虎机器人

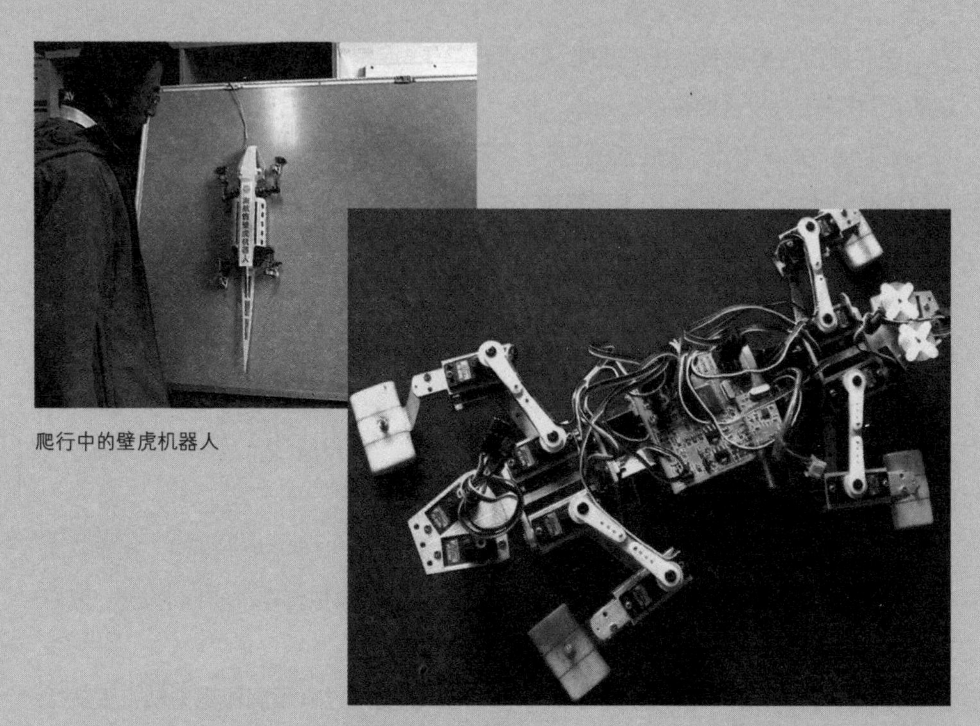

爬行中的壁虎机器人

壁虎机器人内部构造

方式，让壁虎机器人走得逐渐流畅起来。

专家：后来我们分别加入了无线控制，以及远程图像传输，当时的实验可以实现从南京到北京这么远的图像传输。

目前，壁虎脚掌还有很多尚待研究的秘密，壁虎机器人也只能在光滑墙面行走，但不远的将来，它一定可以越走越快。

但不管怎样，现在比起人们刚开始从事这方面的研究时，已经迈出了一大步。以后，伴随着一些新技术的出现，这个问题一定会得到解决。

（于海波）

旋翼飞天录

2010年，一种新奇的飞行器突然出现在很多航模玩家的视野里。这种飞行器的样子虽然很奇怪，可是真正飞行起来却毫不含糊，所以它刚一出现马上受到了很多人的喜爱。

在国外，很多人纷纷加入到了专业玩家的行列。这种飞行器不但能够让人们享受飞行的乐趣，而且还能够带上拍摄器材，让普通人能有机会用另一种视角俯瞰世界。这种飞行器到底是如何出现的呢？

这种看上去外形很酷的多旋翼的飞行器有一个很大特点，就是它一共有四组旋翼，也就是八个螺旋桨，而且还都是共轴反桨式的。

什么叫共轴反桨呢？

就是飞机上面的旋翼和下面的旋翼运动的方向是不同的，一个是顺时针，另一个则是逆时针。这一特点很像前苏联设计的卡系列直升机。不过，直升机可以载人载货，眼前这个小小的飞行器又能做什么用呢？

在广州一个高新科技园区里，驻扎着制造这个飞行器的团队。他们几乎是清一色的年轻人，其中年纪最大的叫彭斌，年龄也不到30岁。能够研究出这个飞行器，全仗着3年前他的一个奇思妙想。

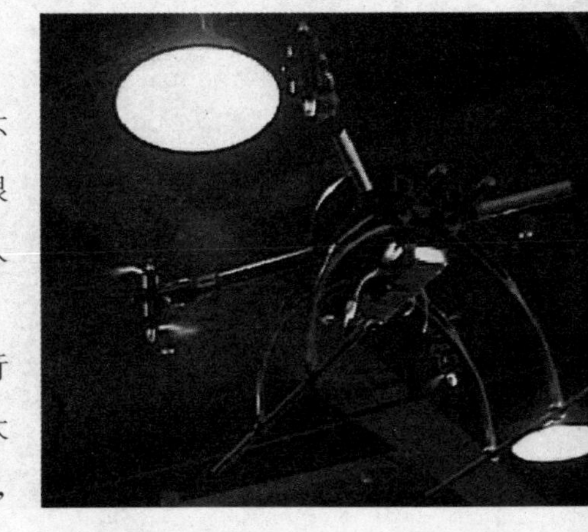

旋翼飞行器1

2008年7月,彭斌得到了一个简易的飞行器,这是一个四轴飞行器的原型机。他立刻对这个小东西产生了强烈兴趣,并找来同伴说:"看看我们能不能把它做一些扩展,然后做出我们自己的产品来。"

当时彭斌和他的同伴们还不知道,这个小飞行器其实就是世界各地都在积极研究的新型智能飞行器。从那以后,这群年轻人决定一定要把这个东西做出来。可是没想到,在研制过程中,一个又一个困难接踵而至。

彭斌:对于我们而言,如果按照数学公式来计算,可能不是个很大难题,但是这其中有很多细节问题,一旦牵涉到这个行业中,就不得不进行太多测试工作,以及跟技术工作的结合,因此花费了大量的时间。那时候我们天天熬夜,天天加班。

每天不停地研究,几乎占据了他们所有的时间,而且他们得不到任何回报。让他们坚持下去的只有对这种飞行器强烈的兴趣和一种对未来的理想。

彭斌:小的时候看到比我年长的师兄们,常常玩一些好玩的航模、船模,还有车模,直升机也见过他们玩过,那个时候我就对此产生了强烈兴趣。那时候我有一个理想,总希望通过自己所学的东西,以及自己对技术的热爱,能给这个社会带来一些有价值的东西。

就这样,通过这些年轻人的努力,他们终于制作出了自己的多旋翼飞行器。这个飞行器不仅包含着所有人的努力,也承载着他们的希望。

旋翼飞行器2

这一天,彭斌他们要对飞行器的性能进行一次测试。他们来到附近一个空旷的足球场上,为了安全,测试这种多旋翼飞行器应该尽量找人少、空旷的地方进行飞行,给飞机装上拍摄设备。很快,第一次试飞开始了。在场的人发现,飞行器的飞行过程非常平稳,尽管周围有微弱的风吹过,但是从飞机上摄像机拍摄的画面来看,它的震动并不明显。

记者看到彭斌操纵飞行器的样子很

轻松，于是决定亲自操纵一下，看看这个飞行器是不是很容易操作。

记者：我看你们飞得挺容易的，我怎么一下子就摔了呢？

彭斌：操纵在三维空间运动的物体，还是需要练习的。如果在紧张的情况下，就不知道该怎么操作了，手和脑的支配就不在一条线上，所以才会出现飞机摔下来的情况。一般情况下只要通过一两个小时的练习，都能飞得挺稳。

旋翼飞行器3

看来要想飞好还没那么容易。记者决定先弄清楚这种多旋翼飞行器，到底是如何飞行的呢？

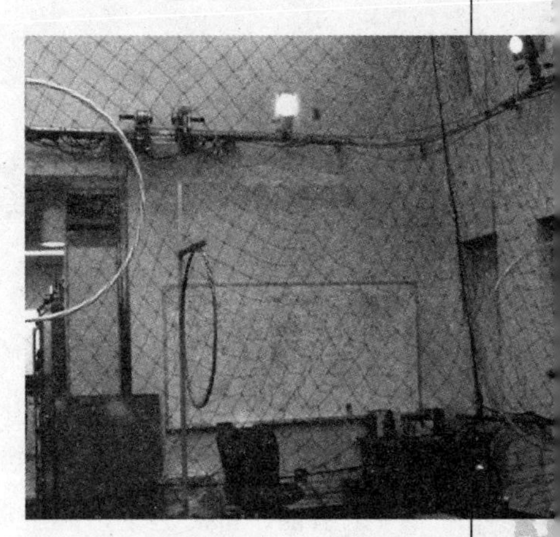
旋翼飞行器按线路飞行

一般的飞行器可以分为两类，一种是像火箭一样，用动力直接升空的，还有一类就是运用螺旋桨或者机翼助其升空的。

张：旋翼机上有一套旋翼系统，它首先要靠动力装置，也就是发动机使得旋翼能够旋转起来。因为在旋转的时候，就会有相对于旋翼和空气的速度，这个速度也就产生了旋翼上下表面的压差，而这个压差则能产生向上的升力。

可能有人会问，固定翼飞机是怎么飞起来的呢？那是因为它的机翼设计有一个弧度，下面几乎是平的，当空气通过的时候，就会产生一个快慢差，这样就会导致上下密度变得不一样，最终形成一个上下不等的压力差，从而产生向上飞行的能力。

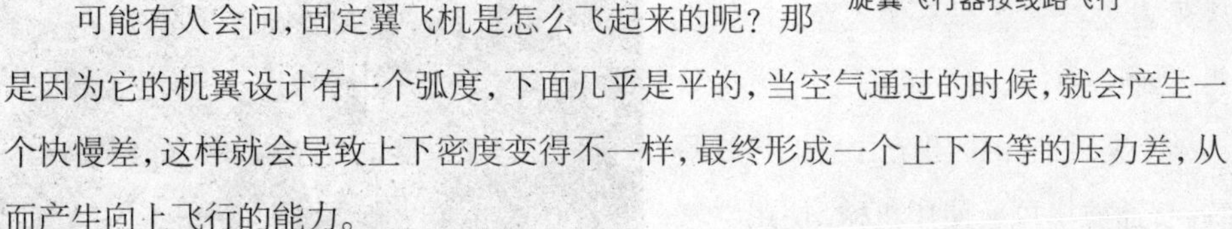

而旋翼飞机，也就是直升机这类的飞机又是怎么飞起来的呢？其实它的飞行原理就是靠旋翼。如果我们给旋翼做一个横截面剖面，您就会看到，实际上它等同于固定翼飞机产生的效果。原理上是如此，但是实际上要更加复杂一些。就像前面提到的那个飞行器，它一共有四组八个旋翼，如此众多的旋翼配合在一起，怎么能够保证它们同步协调，又互不干扰呢？

多旋翼飞行器在飞行的过程中，不但能够迅速地做出各种动作，而且能够在空中悬停。这其中的秘密到底在哪里呢？

这种多旋翼飞机航模的遥控器上面有 4 个最基本的通道：油门、前进后退、左右飞行和旋转。当它悬停在空中的时候，加油门飞机就上升，收油门就下降；往前推杆就往前飞。

为什么它能往前飞呢？因为当往前推杆的时候，两个电机转速下降，另外两个电机转速上升，飞机就会发生倾斜，如此一来就可以往前飞了。

往左和往右飞行的原理也是一样。至于旋转，这种飞行器的螺旋桨是有一点讲究的，其中有两个是顺时针转，另两个是逆时针转。于是，当两个顺时针旋转的与逆时针旋转的转速不同的时候，它就能够往左或往右旋转了。

控制飞行的秘密原来在于控制螺旋桨的转速。道理虽然简单，可真做起来并不容易。

经过一段时间的讲解后，记者再次尝试飞行。没想到这次竟然成功了，记者总共飞了两次就成功，看来这个飞行器确实非常容易操纵。

可能普通的观众或玩家觉得这是一个飞机，但在专业人士看来，它只是一个普通的飞行器，就像一个机器人，能够在空中执行各种任务。

我们都知道，大部分机器人都有类似人的外形、钢铁一般的身体和人工智能。可是这个带螺旋桨的东西，从外表来看一点都不像人类，它和机器人到底有什么关系呢？

专家：两者的区别在于它的控制系统，普通航模可能使用机械，使用空气动力的方式，让它能够悬浮在空中，完全由人来操控，而多旋翼飞机更多的是由飞行控制器来控制，这里面有大量复杂的算法，用来维持平衡的飞行。如果把飞行控制器撤掉的话，它的多旋翼是

旋翼飞行器 4

不能够悬停的，所以这里面包含有更多智能化的内容。

虽然从外观上看，这个小小的飞行器好像很简单，也就是四组八个螺旋桨，但实际上它的内部设计是很精巧的。它的核心部位是一台CPU（中央处理器），也就是芯片，它连接着除了动力设备之外的大量的传感器。

这些传感器存在的目的是什么呢？当飞行员操纵飞机上天以后，他可以根据仪表来判断，飞机是否处于正常飞行状态，姿态是否稳定，然后通过操纵杆、升降舵等调整飞行姿态。但是对于这个多旋翼飞行器来说，它属于无人机，上天之后全靠自身来感知，比如气流对飞行到底有多大影响，各个部分的动力是否均衡，以及接收到向前飞的指令后，应该怎么去协调八个螺旋桨，如何完成空中的悬停？等等。

这一切首先要由各个传感器发回信号，经CPU（中央处理器）做出正确处理，再同时操纵各个传动系统，看起来虽然简单，实际上如果没有这个芯片、没有传感器的话，它是根本不可能完成的。

在美国宾夕法尼亚实验室里，利用电脑控制的多旋翼飞行器已经能够完成很多不可思议的动作。首先，它们能够穿过各种狭小的缝隙，其次能够按照固定的航线飞行。如果将这些飞行器装上机械手，它们还能够分工合作，完成搬运任务。

旋翼飞行器风力干扰测试

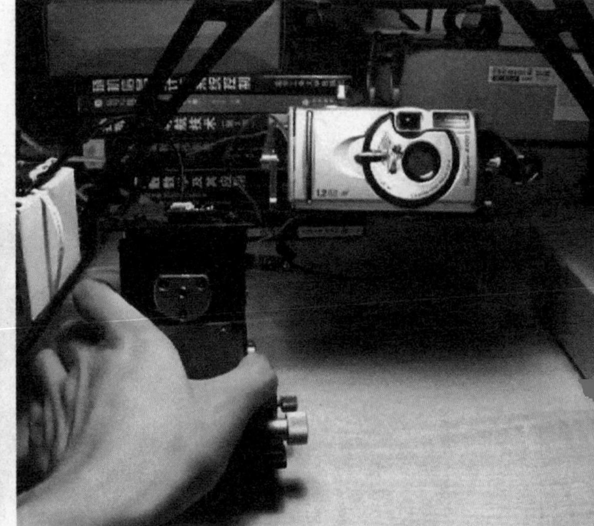

旋翼飞行器航拍设备

那么，彭斌他们设计的多旋翼飞行器，到底是做什么用的呢？

彭斌：它能够在空中把人的视野抬高，以前靠人工只能拍摄到几米高的角度，通过它可以抬高到200米、300米，对于航拍、航空摄影有很大的实际作用。

航空拍摄能以一般人很难达到的高度俯视世界的全貌，拓展我们的视野。让我们体验飞鸟一样的感觉，看到前所未有的奇妙景象。把摄像头通过特殊设计的云台，安装在飞行器上，就能够完成航拍。

根据这个飞行器的设计目标，彭斌他们准备了3个测试项目，来测试它能否实现稳定清晰的航空拍摄。

首先是抗风测试。我们所看到的空中其实并不平静，由于空气的流动，到处都会有风。如果想要得到清晰的画面，甚至不坠机，那就要求飞行器必须具有一定的抗风能力。

彭斌用3个风扇模拟空中的情况，他们研制的多旋翼飞行器到底能否在这种复杂的环境中平稳地飞行呢？

一般飞行器的重量越小，它的抗风能力就越弱。不过这个多旋翼飞行器却能够在3级风速内保持比较稳定的飞行状态。

后来，他们又将风速加大到了5级，这时飞行器已经无法保持平衡。看来，虽然它的抗风能力非常出色，但是也只能在微风的环境下飞行。

第二个测试是针对飞行器的载重能力。普通的摄像器材，民用照相机的重量普遍在300克到600克之间，专业摄像机的重量大多超过1千克。测试时，我们用不同的水瓶代表不同的重量，最小的一瓶大约300克左右，中等的在600克左右，最大的一瓶为1千克。如果飞行器能够带起中等的水瓶，并且自由飞行的话，对于民用拍摄设备已经足够了。测试的结果会是怎样呢？

旋翼飞行器航拍雪景

对于600克以下的瓶子，这个飞行器带起来很轻松。这说明对于普通的航空拍摄，它足以应对，但是当我们把负载增加到1千克以上时，飞行器虽然能够起飞，但是已经很难操纵了。

旋翼飞行器载重测试

彭斌：这时候油门已经推到了70%，操控起来比较吃力，整个机器的震动和噪声也比较大，这说明已经接近了飞行器的载重极限。

经过测量，飞行器现在的载重是1.6千克。

震动和噪声对于航拍来说是很不利的，这种状态已经不能进行航拍了。

彭斌：这个飞行器设计的额定负载只有2.4千克，现在整机重量已经接近3.5千克，超过额定负载1千克左右，已经到达极限，很难控制了。

最后进行的是固定航线测试。在航拍过程中，要沿着固定的航线飞行，才可能拍摄到想要的画面。在复杂的环境里，这将考验飞行器的灵活性和稳定性。我们规定的航线，是绕着这四根金属杆飞行。由于多旋翼飞行器的外面没有保护，一旦撞到了金属杆上就一定会坠毁。

这时彭斌也紧张了起来。金属杆之间的距离只有80厘米，这和飞行器的宽度相差无几，如此近的距离，飞行器能够成功穿越吗？

经过努力，彭斌终于成功地操纵飞行器穿越了所有障碍，这也证明了这个多旋翼飞行器稳定的性能。

现在，彭斌和他的同事们研制的飞行器已经走出了国门，很多国外的玩家都慕名前来购买他们制造的飞行器。在全球各地，有很多人运用彭斌和他的团队研制的多旋翼飞行器，拍摄了很多优美的画面，在实际应用中，再一次证明了这个飞行器的优秀性能。

彭斌：目前我们还有很多不足的地方，但是只要我们继续努力，就一定能获得更好的市场地位，以及更大的市场空间。特别是对于喜欢的东西，你总会从中获得不少乐趣，这种乐趣对在这个方向上走下去的话，我觉得是非常重要的。

对于这些心中有梦想，并且勇于去追寻的人来说，每一天都是充实的。彭斌们的梦想也终将在蓝天上实现。

（杨　力）

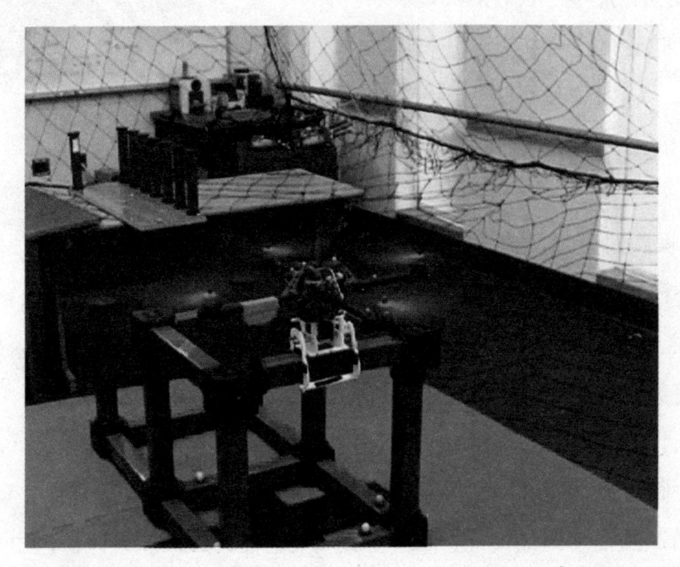

旋翼飞行器组装

穿越长江天堑

CCTV10 中央电视台

在交通晚高峰时段，南京长江大桥上早已是拥堵不堪，车辆如同蜗牛一般缓慢地向前爬行。与此同时，在这条宽阔的江面之下，车辆却风驰电掣一般，疾速穿行于两岸之间。这就是号称“万里长江第一隧”的南京长江隧道。

南京长江隧道共设有双向六车道，单线长度超过了3 000米，很难想象，在滚滚长江之下，这样一座巨大的隧道，却是由两台机器打通的。

南京长江隧道所使用的挖掘机械——盾构机，简直就是个庞然大物，直径达到了14.93米，有五层楼那么高，重四千多吨，总长一百三十多米，相当于一个标准足球场的长度。

沙明远（中国铁建南京长江隧道项目总机械师）：一般的城市地铁隧道，它的开挖直径是在6.1米到6.5米之间，南京长江隧道的开挖断面是地铁隧道的断面的6倍，这一断面已经超过了当时世界上已建成的最大隧道。

这台巨型盾构机看上去很笨重，它究竟有什么样的威力，仅凭一己之力就能够穿越长江天堑呢？

原来，在盾构机前部有一个用于挖掘的刀盘，它安装在一个圆柱形盾体上，就像是剃须刀的刀片。在前进的过程中，刀盘不断旋转，刀盘上面的刀具就能够把大块

盾构机组装

的泥土和砂石切割成细小的碎渣。与此同时，这些碎渣会掉落到刀盘后面的开挖舱内。

可开挖舱的空间毕竟有限，最终这些土石又该如何转移到洞外呢？

沙明远：盾构机上有两根管子，一根叫进浆管，一根叫排浆管，进浆管和排浆管，一头连着开挖舱，另外一头在洞外，进排泥浆管构成一个循环，开挖下来的渣料就被源源不断地送出到洞外。

盾构机刀盘

泥水平衡盾构机的进浆管向开挖舱内输送低比重的泥浆。泥浆能够裹挟着细小的碎渣进入排浆管。排浆管再把这些高比重的泥浆运送到隧道外的泥浆处理厂。经过几道工序的层层筛分过滤，泥浆中的碎渣被一一剔除，剩下的就是低比重的泥浆。它们又可以被输送到开挖舱内循环使用。

而就在刀盘不断向前掘进，泥浆不断循环的同时，盾构机还会在圆形的隧道内铺设混凝土墙面，这样隧道的结构就稳定了下来。随后，盾构机在隧道底部架设箱涵，在箱涵两边铺设预制水泥板，这样就形成了路面。

沙明远：南京长江隧道所用的盾构机是我们向国外的盾构机专业制造商量身定做的，是世界上最先进的盾构机，每个月能够完成250米的隧道掘进。

虽然利器在手，工程技术人员所面临的挑战仍然不少。南京长江隧道不同于一般的地铁、山岭隧道，头顶上的滚滚长江就是他们所面临的最大威胁。

南京长江隧道分左右线，同时向对岸开挖。隧道最深位置距离江面60米，江水深35米，隧道上方覆土厚度25米。在这样的深度施工，水土压力可想而知。

郭信君（中国铁建南京长江隧道项目总工程师）：隧道里的压力，每平方米65吨，相当于指甲盖大的这个地方就有6.5千克的压力，花生可以榨出油，同时隧道特别大，直径有五层楼高。在江底下能保证这么大隧道不塌方，就需要随时保持江水、地层、机器的平衡，这个平衡要始终维持，一旦失去平衡，稍微用力不均，就可能会塌方、冒顶。

盾构机已经组装完毕、深入井下，时刻准备着向江底进发。可在此之前，它还要经受一个考验——破除洞门，为自己开辟一条前进的道路。

尽管南京长江隧道最深位置距离江面60米，隧道上方覆土厚度达到25米，可工程始发段的覆土厚度却只有5.5米，这样的埋深在世界上同类隧道中是最浅的。

郭信君：我们挖一个隧道，隧道挖得越大，就越容易塌方，上面覆盖的土层越薄，越容易塌方，所以在我们这个行业里有一个经验值，就是盾构机上面覆盖土层的厚度一般不要小于盾构机的开挖直径，上面土层如果很薄，盾构机就容易把上面覆盖的土拱翻。

与此同时，盾构机始发前方地层为淤泥质粉质黏土，而始发段距离长江只有50米，地下水与江水连通，施工中稍有不慎就有可能发生涌水，甚至坍塌的险情。

郭信君：这种淤泥就像软乎乎的豆腐，一碰它就散了，更别说在里面打一个可以跑汽车的大隧道了，所以我们要想办法让土硬起来。

为了把“软豆腐”变成“冻豆腐”，工程技术人员采用了冷冻墙技术，他们在始发段前方从上而下插入了两排冷冻管。冷冻管不断向下输送-30℃的盐水。很快，松软的淤泥就被凝固在了一起，变得和岩石一样坚固，透水的问题也随之得到了解决。

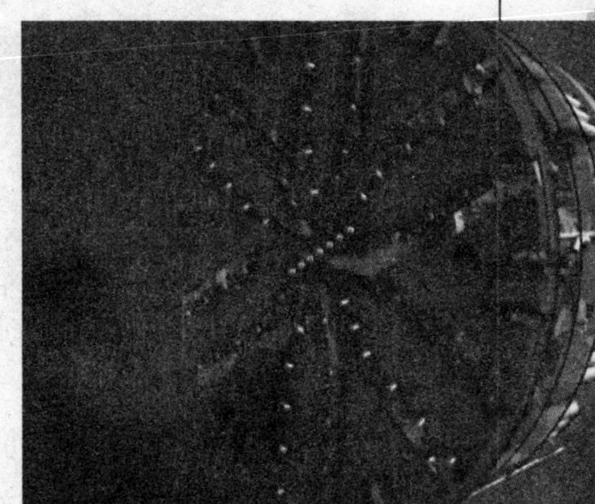
盾构机刀盘动画

盾构机安全破除洞门，开足马力奋力掘进，可就在它即将钻入江底的时候，一只拦路虎挡在了它的前方。这只拦路虎就是长江大堤。

郭信君：大堤下面主要是粉细砂，土质松散，施工的时候特别容易被扰动，一旦这个砂子被扰动得比较严重的话，长江大堤的安全就会受到威胁。

盾构机拼装管片动画

长江大堤的防洪标准要求极高，稍有沉降或变形江

盾构机拼装管片

水就有可能涌入，而一旦决堤后果更是不堪设想，滔滔江水将把南京城变成一片泽国，而当地居民的生命和财产安全也将受到威胁。

郭信君：这不仅是一个施工成败的问题，因为长江大堤的防洪意义非常重大，我们面临的社会压力也非常大。

为了确保施工安全，工程技术人员从大堤上向下，浇注了一道超大的防渗墙，防止江水透过粉细砂层渗入大堤，对大堤造成破坏。为了确保万无一失，工程技术人员还运用超级计算机，预先对大堤的变形进行了模拟计算。

沙明远：这就相当于做一个模拟试验，也就是把盾构机施工的实际外部环境条

盾构机内部

件，像岩土情况、盾构机的情况搬到计算机上来，在这个虚拟的环境之下，让盾构机来模拟穿越长江大堤的情景，通过这种反复穿越，能够找到一组最佳的掘进参数。

在穿越长江大堤这种危险地段时，速度越快就越安全，速度越慢就越危险。工程技术人员把盾构机调整到最佳性能，开足马力，全速前进。而在地面上，工程技术人员在大堤附近布设沉降监测点进行实时监控。最终盾构机安全穿越长江大堤，并顺利通过汛期考验。

2008年8月6日，南京长江隧道右线盾构机向江底前进1 316米后，前进速度突然放缓。盾构机由原来的每天向前推进10米，一下子降到了只有几厘米。除了掘进速度减缓外，掘进扭矩也突然增大了1倍，刀盘旋转变得十分困难，也就是出现了挖不动的情况，这会是什么原因呢？

盾构机安装刀盘

戴洪伟（中国铁建十四局集团南京长江隧道工程项目部副指挥长）：当时社会上各种猜测都有，有的人认为是碰到了古沉船，挡在了盾构机前进的路线上，也有的人认为是洪水冲刷下来的大石头，反正各种猜测都有。

面对出现的问题，面对社会的猜测，工程项目部立即组织两院院士、外国专家分析原因。他们首先对盾构机前方的物体进行了超前钻探。

戴洪伟：超前钻探的结果显示，前方并没有沉船和大石头等障碍物。

既然没有障碍物，盾构机怎么会突然放慢脚步呢？难道是出现了什么故障？

戴洪伟：进舱检查的结果显示，盾构机的刀盘和刀具磨损得相当严重，导致盾构机掘进缓慢。

可这是世界上最先进的盾构机，刚刚使用没有多久，刀盘怎么会突然出现故障呢？原来南京长江隧道要穿越2 030米粉细沙和鹅卵石的复合地层，上软下硬，软硬不均。

钱七虎（中国工程院院士）：整个15米的开挖面里，有软土，有硬土，这样对刀具的磨损很厉害。

刀盘不断旋转，刀具切削卵石，十分容易磨损，而在刀具和卵石碰撞的过程中，坚硬的卵石甚至会把刀具给崩裂。

戴洪伟：盾构机在这种复合地质条件下掘进，每掘进1 000米的磨损程度，相当于软土地层中的磨损程度的十几倍，就好像刀刃在砂轮上打磨一样。

此时，盾构机在江面下60米深处。刀盘位置与江水相连，水压是标准大气压的6倍。维修人员从常压的隧道，进入到6个大气压的开挖舱内进行作业，危险可想而知。

戴洪伟：当时国内的技术人员只能在3bar（工程大气压）以内的条件下进行作业，在6bar的高压下进行切割、焊接作业，一般的潜水员根本不具备这个能力。

工程技术人员十分着急，这台盾构机造价三亿多，如果维修不好报废掉了，这样的经济损失谁也承担不了。盾构施工还有一个特点，开弓没有回头箭，一旦盾构机出现问题，陷入进退两难的境地，整个隧道工程也会前功尽弃。

戴洪伟：后来我们了解到，有一家德国公司拥有这样的人员和设备，我们就从这家公司聘用了20名顶级的潜水员，让他们来协助我们进行盾构机的刀盘和刀具的维修。

在6倍大气压的高压下作业，潜水员首先要接受10分钟的逐级加压，然后才能进入高压舱进行工作。而工作50分钟后，他们又必须返回减压舱，再接受5个小时的逐级减压，否则潜水员体内的氮气就会被迅速释放到体外，从而出现减压病的各种症状，严重的甚至可能当场死亡。潜水员维修刀盘、刀具，进出一次需要6

插冷冻管

个小时，可实际工作时间却只有短短的50分钟。

即便如此，经过中德两国技术人员长达3个月的不懈努力，受损的刀盘、刀具还是被维修好了。巨型盾构机又恢复了活力，隧道工程得以继续向前推进。

盾构机穿越长江大堤动画

钱七虎：在这么大的水压下，高压下换刀，修复刀盘，换刀具，这是中国成功的第一例，也是南京长江隧道一个非常突出的科技成果。

2009年8月22日，右线盾构机转动着巨大的刀盘掘破洞门，顺利出洞，实现了南京长江隧道的全面贯通。

南京长江隧道，是目前在长江流域地区所建设的一条难度最大、遭遇的地质情况最为复杂的一条隧道，因此也被人称作是"万里长江第一隧"。2010年，这条隧道正式通车。通车之后能给南京市民带来什么样的生活便利呢？

周海峰（南京市民）：以前，我们过长江，走大桥很麻烦，很堵，一堵就一个小时，自从这个隧道修好以后，去市里就方便多了，去机场或是去火车站，大概半个小时左右就可以到了。

尽管隧道内灯光明亮，道路平坦，行车顺畅，可经常穿行于此，南京市民也有他们的顾虑。

周海峰：这么长的隧道，而且还在长江底下，一旦发生火灾，发生突发事件，进，进不去，出，出不来，那怎么办啊？

南京长江隧道共有上下两层，上层是行车通道，下层依次分布的则是消防通道、管线通道和逃生通道。隧道按照一级防火建造，一旦发生火灾，喷淋救火系统就会自动打开，对起火点进行浇湿与隔离。与此同时，射流风机还能够把有毒烟雾排放到洞外。

如果火势过大，人员需要紧急转移，在这种情况下，逃生通道正好能够发挥它的作用。

陈健（中国铁建十四局集团高级工程师）：在行车通道下方有一个疏散通道，一旦发生火灾，我们就可以用手动把这个拉杆拉起，然后把盖板打开，受灾人员可以顺着疏散滑道，进入疏散通道后逃生。

南京长江隧道安全设施齐全，打消了市民的顾虑。目前，南京长江隧道建成通车已经一年时间，平均每天通行车辆两万多辆，分流了南京长江大桥、二桥和三桥的过江车流量，极大地缓解了南京市的交通压力。

（章　喆）

智能先锋

在中国科学院合肥物质科学研究院的后院，有一辆车每天都会在这里进行测试，乍一看，这车跑来跑去没什么新鲜的，可仔细一看，车里竟然没有人，而方向盘却在那里自如地调整着方向。

什么车这么神奇，是不是有什么人在远端对它进行遥控呢？

梅涛（中国科学院合肥物质科学研究院副院长）：实际上这辆车的智能还是靠人，它只是通过无人机前面的传感器把信号传到后面，根据我们的无人驾驶的要求，是要它自己去进行判断。

梅涛是无人车项目的带头人，他本是一位机器人专家，从事机器人研究已经二十多年了。他研制的老年服务机器人能歌善舞，那舞姿就像打太极拳一样，可以逗人开心，还能端茶倒水，为行动不便的人解决生活上的困难，当人出现跌倒等状况时它还会及时通知家人，智能程度之高令人咂舌。

无人驾驶车1

可他人到中年为什么又突然转行研制起了无人驾驶车呢？

梅涛：过去我一直在研究机器人，包括传感、控制、决策等等，实际上一辆无人驾驶汽车，它的这些技术就是

无人驾驶车2

无人驾驶车测试

移动机器人的技术。

其实无人驾驶车就相当于把一个智能机器人附着在一辆车上，为了使它能够眼观六路，工作人员给它装上了大大小小十几个传感器。

传感器相当于车的眼睛，它时刻收集路面信号，四处巡视周围是否有危险情况发生，一旦发现异常，便会及时通知决策系统进行判断做出处理方式，然后交给控制系统指使车辆做出相应的措施。

梅涛：移动机器人要根据周围的环境自己找路，避开障碍物，这与无人驾驶汽车是一样的，它要有分析判断的能力，决定应该采取什么样的动作。

机器人式的无人驾驶车真的可以巧妙地处理各种状况吗？我们先来看看当它遇到障碍物时会怎样反应。

这个测试对它来说似乎简单了些，可是通常情况下，障碍物不会站在马路中央等着车的到来，汽车司机最需要注意的问题是前方如果突然出现物体时，是否能及时做出判断并做出决策。一旦疏忽后果不堪设想。

无人驾驶车对突然出现的障碍物会如何处理呢？

但是接下来的一次测试却让我们对无人驾驶车产生了怀疑，难道无人驾驶车无法应对动态障碍物吗？

郑飞（中国科学院合肥物质科学研究院先进制造所副研究院）：因为障碍物太矮了，所以我们认为它可以越过，不是不可越过的障碍物，没有危险性，所以就直接越过去了。

原来在无人驾驶车看来，低矮的障碍物不足以对它造成威胁。这是砖头搭建的两个障碍物，同样都是8块砖，可无人驾驶车对它们的反应却大不相同。

郑飞：前面一堆比较矮，我们感知系统检测以后，判断它比较矮，可以越过去，车辆完全可以通过，所以它就选择直接压过去。后面的障碍物比较高，车辆越不过去，存在危险，所以就进行绕障处理。

原来无人驾驶车判断障碍物不是根据体积，而是根据障碍物的高度来判断是否有危险性，只有障碍物达到一定高度才会认为是有威胁的，决策系统才会做出处理。

可是，如果此刻突然出现的是类似小猫这样的小动物，对于无人驾驶车来说恐怕就会出现误判了。

郑飞：与人相比，无人驾驶车的劣势在于，人的知识量、识别率比较高，就是说计算机还达不到人的智力水平，对各种复杂的环境判断还是有限的，它只能进行一些简单的判断。这也是计算机系统比较死板的地方，它只能按照规则来进行执行，而不能像人一样，可以进行综合判断，综合地解决问题。

为了测试出车子对动态障碍物的反应，我们必须保证锥筒竖直出现，保持一定的高度。

感觉到突然出现的障碍，车子选择绕道而行。

那么，如果我们将障碍物出现的时间推迟，车子还能及时反应吗？

这一次车子一下子停在了障碍物的面前，直到把障碍物移走它才再次前行。

郑飞：这主要是通过它的速度和远近距离来进行判断，如果离得很近，比较危险的情况，就可以马上急刹车，保证安全。如果距离较远，就可以考虑超车或者停车的方式，来保证安全。

红绿灯测试

红绿灯是我们开车时最常遇到的，那么，无人驾驶车遇到红绿灯时会有怎样的反应呢？

红灯停，绿灯行，一切似乎都顺理成章地进行着。如果它碰到黄灯又会怎么处理呢？人遇到黄灯会根据实际情况来选择停止或者迅速开过，无人驾驶车的选择又会如何呢？

经过连续几次试验，无论黄灯亮的时间早还是晚，车子都是做出了同一个选择：停止。

郑飞：因为黄灯本来就是一个警示作用，按照我们的设计，在开始变灯的过程中，停下来是最安全的措施。

原来，对于无人驾驶车来说，看到黄灯和看到红灯是同样的反映，看来安全是设计考虑的第一因素。

下面的测试可能会更刺激些，那又是些什么测试呢？

超车是城市交通中经常遇到的问题，一旦出现车距过小或者车速过快，碰蹭便很容易出现。那么无人驾驶车的表现会怎样呢？

现在的两辆车中，有一辆是人工行驶的，另外一辆则是无人驾驶车，它们在互相超车的过程中分别会采取怎样的措施呢？看着两辆车前后变换着位置，真不敢想象这其中竟然有一辆车是无人驾驶车。

郑飞：无人驾驶车从旁边超到我的车头前面，这时候它需要判断，旁边那辆车如果距离近，有危险性的话，它就会选择停车；如果距离较远，就可能选择变道绕行。

人开车时，侧面有车要超车，通常情况下都会减速以避免与它发生碰撞，而无人驾驶车恰恰也是通过减速来保证安全。而当前方车辆速度过低时，无人驾驶车会选择再次超越它，而无人驾驶车在超车过后会及时回到原来的轨道。

超车测试

郑飞：根据交通规则，超车道不能一直行驶，我们研究的这种无人驾驶车要完全符合交通规则。

在实际开车时，我们经常遇到的问题不仅仅是超车，更令大家提心吊胆的是遇到紧急刹车，因为当车子以每小时30千米的速度行驶时，看上去似乎并不快，可是它每秒钟就要前进8米，一旦前方出现紧急刹车，很容易就会出现追尾现象，有时候甚至会出现几辆车连续追尾，开车的人必须时刻提高警惕。

遇到这种情况时无人驾驶车能够很好地处理吗？大家对此显得很有信心。

梅涛：人会打瞌睡，或者带有一些不好的情绪，有可能就会违反交通规则，而无人驾驶车是不知道疲倦的，你要它怎么走它就怎么走，绝对不会违反交通规则。

现在，两辆车开始出发了，由于安全距离设定为25米，它始终保持与前方车辆25米以上的距离，当前方车辆刹车时，它可以很轻易就绕行了。

可是在城市交通中，在很多情况下，前后车距离无法达到25米。如果将安全车距设在距离10米上，车速为每小时30千米，当前方紧急刹车时，无人驾驶车还能顺利停止吗？

郑飞：按照我们的程序设定，现在是每100毫秒处理一次，每100毫秒发出一个执行指令，这个反应速度比人快得多。当前方出现障碍物时，人采取刹车等措施可能需要将近1秒钟的时间。

停车测试

相对于在道路上行驶，泊车看上去危险性要小些，但是，危险性小并不意味着不会出现问题，尤其对新手来说，泊车不入位，泊车时出现碰撞都是经常会遇到的问题，如果能够实现自动入位，那一定会为开车的人减轻很大的负担。虽然也有一些车有了自动泊车系统，但是这却不是完全意义上的自动泊车。

郑飞：这种自动泊车系统不是完全自动泊车，而是靠人踩刹车，然后换挡，再根据提示来进行操作进行泊车，只是不使用方向盘，转向不用人来操作而已。

那么，无人驾驶车是否可以实现完全自动泊车呢？泊车入位要综合倒车、换挡各种动作很好地配合，设计起来还真不是那么简单，测试过程中的失败是屡见不鲜的。

无人驾驶车传感器

祝辉（中国科学院合肥物质科学研究院先进制造所博士）：我们刚开始测试的时候，遇到过很多问题，有的时候撞到这边箱子，有的时候撞到那边箱子，有的时候压线，还有的时候干脆停不进去。

在反复测试中不知道被撞坏了多少箱子，泊车真的有这么难吗？据测算，一个新手泊车差不多要用4分钟时间才能勉强到位，因为相对于新驾驶员来说，侧位泊车的确不太容易。

祝辉：自动泊车和人相比，它的成功率要高得多，因为人有的时候需要反复多次才能泊进去。

无人驾驶车真的像祝辉说的那么神奇吗？它能够识别出停车位并且顺利停车入位吗？

祝辉：如果将停车的距离设置为1米，整个系统就会反馈过来，如果不足1米距离就会让车辆制动，防止后面发生碰撞。

据郑飞介绍，无人驾驶车还有更绝的，那就是夜晚泊车跟白天一样。无人驾驶车完全是靠传感器来判断是否有障碍，光线对它来说并不重要，这就解决了人眼在晚上看物体吃力的困难。

不过，即使看上去这么完美，无人驾驶车也有它不尽如人意的地方。

祝辉：我们的自动泊车系统要依靠传感器，对于传感器来说，有些地方是测不到的盲区，在这种情况下泊车可能就会遇到一些麻烦。

正因为诸多的不如意，无人驾驶车短期内还无法投入到实际交通中，但是像辅助泊车、辅助避障等单独功能如今已经在逐渐应用于汽车中，这些功能也会进一步保证行车安全。而面对无人驾驶车的一些弊端，大家也正在想办法完善程序，以期使它变得更智能。

（赵怀瑾）

机器人梦工厂

CCTV 10 中央电视台

1. 餐厅别动队

对新鲜事物的好奇，是人类的一大特点，从大的方面说，人类的好奇心从某种程度上也推动了人类科学技术的进步和发展，从小的方面看，好奇心也为我们的生活增添了不少乐趣。

今天我们就给您介绍这样一个人，他因为对某些现象感到好奇，深入钻研而琢磨出很多新鲜好玩的东西。济南有一位机器人爱好者，因为自己对机器人的痴迷和热爱，他带领一个小团队，在十多年的时间里，研究出好几款不同类型的机器人，他把这些机器人用在了一个人们没想到的地方，然后，这些机器人为他创造了不小的财富。可以说，就是因为最初他对机器人的好奇，才能有今天的成功。那么，这个用机器人创造财富的人是谁呢？他又是怎样利用机器人创造财富的呢？

迎宾机器人

2011年1月的一天，在山东省济南市城区的一个广场上，一个奇怪的姑娘引起了大家的围观。让大家感到好奇的是，这个姑娘走来走去，还不停地比划，她在这里干什么呢？原来，她是一家餐厅里面的服务员。因为这个奇怪的姑娘，人们从四面八方赶到餐厅吃饭，餐厅的经理张永佩一时间成为各大媒体关注的热点人物。

一家小小的餐厅，究竟有什么魔力，能吸引那么多客人专程赶来吃饭呢？难道餐厅里有什么神奇可口的美食吗？其实，吸引客人们来的是几位在餐厅里工作的服务员。前面我们看到的那位姑娘就是其中之一。可是，什么样的服务员有这么大的魅力，能让客人不请自来呢？秘密就是它们都是机器人。

张永佩（餐厅经理）：因为我们这个体验馆，可能在全世界也是第一个，也没有经验，我们就想先叫客人来体验一下。

对于大家都没见过的机器人服务员，我们也产生了强烈好奇心，于是，2011年1月，我们来到济南这家餐厅，也跟餐厅里的机器人服务员进行了一次近距离接触。

张永佩：现在餐厅里有舞蹈机器人，负责表演，和客人交流。还有迎宾、导购之类的机器人，还有运送食品、餐车类、货架类的机器人。

来到餐厅一进门，就能看见一个机器人向你打招呼：欢迎光临。这个机器人美女能说话，伸出手来对人表示欢迎，她的身体里是电机和电线，而外表是由普通材料制作的。为什么能说话和伸手呢？是因为在她身上安装了传感器和音箱，当人走近的时候，她的传感器能够接受信号，随后指挥电机做出伸手的动作，并发出预先设置好的欢迎词。

于复生（山东建筑大学教授）：有一个传感器，过来一个人就能识别到，之后它发出一个信号给控制器，就发出指令，让电机动作，然后它再复原。同时接通一个喇叭，喇叭有音乐芯片，或者有语音芯片，由这种芯片来发出声音。

一进门就有机器人美女表示欢迎，餐厅里面还有什么更好玩的机器人呢？这些机器人是怎样为客人服务的呢？原来，这个餐厅经营的是自助火锅，客人来了之后，不需要人类服务员太多的照顾，就可以自己拿取食物，而食物就由机器人送到客人的面前。

张永佩：餐车类机器人第一代产品是能够根据客人的需要，到每一个餐桌去为客人服务。

机器人当服务员，这个主意看上去还真是别出心裁，但是张永佩的机器人真的能为客人当好服务员吗？难道大家真能放心他的机器人服务吗？今天来餐厅的第一批客人，他们对这个餐厅有什么感受呢？

家长：这么老远，就为了让孩子来看看机器人，没见过，别说他了，我也没见过。吃倒无所谓，哪儿都能吃。

家长：以前在电视上看到过，尤其适合孩子来玩。

机器人当起了餐厅服务员，新鲜好玩的用餐方式吸引了不少家长，机器人到底能不能胜任服务工作？

如果您关注机器人行业的发展，您可能经常从电视里看到一些新闻，比如机器人大赛、机器人踢足球、机器宠物之类的事情。一提起机器人，可能很多人就想到了像人一样的机器，想象中这个机器可以像人一样做事情，其实，不完全是这样，机器人只是能代替人类某些工作的一种机械装置，比如那种能自动扫地的吸尘器，也被叫做机器人。实际生活中真正像人的机器人并不是那么多，特别在工业领域，基本上没有像人一样的机器人，都是类似于人体的某一种结构，比如说工业机器人，我们经常把它叫做机械手，实际上它就是模拟人类的一个手臂的动作，有几个自由度，可以抓取东西，可以搞焊接、搞喷涂、搞搬运这些简单的工作。那么，济南这家餐厅的机器人会不会就是一些机械装置呢？它们能不能像人一样，可以知道你想干什么，端茶送水的时候能不

机器人按线路行驶1

机器人按线路行驶2

机器人前方传感器

能像真的服务员一样提供贴心服务呢？

这个餐厅虽然刚开张一个月，但是却已经引起了很大轰动。这些机器人到底有多先进？它们又是从哪里来的呢？

张永佩：开始的时候，是有一部分社会上的机器人爱好者，一些痴迷人员，还有我们机械公司的一些工程师，没事就在一块儿研究几种机器人。

本来自己经营公司的张永佩，因为一直喜欢机械电子专业，他看准了今后机器人领域的高科技产品的发展前景，准备在机器人制造和应用这个领域一展身手，开始不断投资搞机器人开发。

张永佩：当时我有一个餐饮公司，有八十多人，每个月的工资开支都很高，服务人员不好招聘，餐饮竞争也很激烈，当时我就考虑怎么能够减少运营成本，我就想到把机器人技术用到餐饮上去。

10年来，张永佩投入很多精力和财力，经过无数次失败，终于做出了几款不同的机器人，现在，餐厅里每天有6位送餐机器人在工作，它们装载着各种菜品，在餐厅中不停地穿梭，来到客人面前他们会自动停下来，等客人取完菜再离开。那么，机器人为什么会这样规矩地工作呢？它们是怎样接受指令的呢？我们发现，餐厅的地面画着一圈白色线路，看上去像运动场的跑道一样，难道这些线路里有什么机关吗？

周风余（山东大学机器人研究中心教授）：机器人运动规划是一个非常重要、也有一定难度的技术，餐厅机器人采用的是一种非常实用、简单，也非常廉价、低成本的方式，应该说对这种领域的应用来说，还是比较适合的，它属于固定路线。

其实，这几位机器人不会真的像人一样，听到你的召唤，就把菜送过来，而是根据事先设置好的程序，一直不停地按照规划路线行驶，完成送菜的工作。地上的线路，就是它们的行走路线。因为安装了一个感应装置，这些送菜的机器人绝对不会偏离这个线路，而只能根据这条线路不停地运转。

周风余：现在我们也给机器人修了应该走的路，这路是有标志的，看上去是一条白线，机器人的底部就有检测这个路的传感器，它跑不到路的外面去，它就一直沿着这条路线行驶。

机器人前方有障碍物能自动停下来

开始上菜1

看上去这些机器人真是听话，能够运载着不同的食物送到桌前，但是，在真正需要取菜的时候，机器人又会怎样表现呢？我们发现，桌子距离机器人的轨道其实还有些距离，等机器人过来的时候，我们仅仅坐在座位上，伸手是拿不到菜的，并且机器人不会知道有人取菜就停下来，而是按照程序一直向前行进，这样就为客人取菜造成了一定的不便，这个问题应该怎样解决呢？

张永佩：我们每一个餐车都是有避障功能的，遇到障碍物会停下来。

原来，在每个餐车机器人的身上，还安装了一个小小的感应装置，在行进中，如果感应装置发现前方有障碍物，机器人就会自动停下来，这样，客人取菜就方便多了。但我们发现，感应装置仅仅安装在机器人的前方底部位置，想要让机器人停下来，必须站在机器人的正前方，它才能感应到障碍的存在。

周风余：它虽然简单，但是基本上机器人的组成部分都有，我们把它称作机械结构，或者叫做机器人的本体，这个必须要有。第二要有控制系统，也就是说机器人的大脑有控制系统，否则的话它怎么知道碰到东西了，必须要停下来？

机器人的本体就是机器人的身体，而控制系统就像它的大脑，除了大脑和身体，机器人要行走，还必须拥有运动系统，于是，人们给机器人安装了轮子，另外，机器人还得能感知外界环境的变化，还要为它安装一个传感系统，让它能感应到前方是否有障碍物等。

周风余：传感技术，就是要检测这个路，自己是否在路上，是否偏离了规定路线，或者说是否前边有障碍物，需要停下来。

要想把机器人做得像人一样，能听懂命令并执行完成，其实需要很多学科的知识和实践，可是只要出现一点小小的差错，机器人就会拒绝工作。这不，送菜的路上，几

开始上菜2

开始上菜3

个机器人挤到一起了，发生拥堵和碰撞也是在所难免的。所以在餐厅，必须有人负责机器人的运行工作，随时解决机器人出现的问题。

除了迎宾的、送餐的，还有跳舞的，这个餐厅里的机器人种类还真不少。经过了解之后我们发现，这个餐厅里的机器人虽然看上去制作不算太精细，机器人运行的原理也比较简单，但是它们能在餐厅这个相对复杂的环境里面，完成简单的工作，这已经实现了让机器人走进生活的梦想。

那么，随着机器人技术的不断发展，机器最终能不能制作得更像人一样，有肌肉、有皮肤、有表情、有思维，能够以假乱真呢？至少现在看来，还不可能做到。人的肌体是一个非常复杂的系统，而现在的机器人只能完全按照程序进行工作，仅仅是一种机械装置，人类的一个小小的动作，在机器人身上想要实现，都显得非常困难。再说了，机器人制造是个烧钱的行业，没有雄厚的财力保障是很难进行技术创新的，济南这家餐厅的经理，在他的机器人身上就投入了极大的心血，也遇到了不少困难。

除了送菜的机器人，餐厅里还有两位会跳舞的机器美女，客人们用餐的时候，它们就在那里翩翩起舞来助兴。

这是一个名叫瓦力的机器人，张永佩看到一部电影中有一个瓦力机器人，于是带领人也做了一个瓦力，这个瓦力可以唱歌跳舞，放在餐厅里吸引顾客。

每天营业的时候，跳舞的姑娘和瓦力跳个不停，难道它们可以自己决定怎么跳吗？原来，机器人怎么跳取决于真正的餐厅服务员，这个小伙子手里拿着遥控器，远

开始上菜4

远地指挥着机器人表演，餐厅里的机器人服务员还不能自主地进行工作。

简单笨拙不是它们的本意，小小故障也总会发生，机器人餐厅发展前景如何？机器人离我们的生活到底还有多远？

周风余：应该说这个机器人餐厅，现在做得最突出的贡献，就在于不管机器人复杂程度怎么样，技术含量高低如何，但是能够把机器人应用到具体的现实生活中，我觉得这就是走出了很重要的一步。

现在，我们终于对这家餐厅的机器人服务员，有了一个全面的认识，它们分为迎宾、送餐和娱乐三类，一共有十来个机器人在餐厅里为大家服务。客人们来到餐厅，首先能听到迎宾机器人带来的问候，找好座位之后，就可以自主拿取需要的菜品，吃上热腾腾的火锅了。送餐机器人会按照固定线路，在你身边不停运转，随时为您带来各种菜品，吃饭的同时，您还可以观看娱乐机器人在一旁翩翩起舞，跳舞的机器人美女和瓦力机器人向您展示另类的舞姿，深得小朋友和大家的喜爱。

会跳舞的瓦力

对于他的这些机器人，10年来，张永佩一直怀着特殊的感情。尽管困难重重，他始终没有放弃对机器人产品的研究，张永佩带领自己的小团队，埋头苦干，终于做出了这批能用在餐厅里的机器人。

张永佩：做机器人虽然回报慢，周期长，但是作为人生的一个追求目标，我只是把想到的事情做出来了。

虽然看好机器人的发展前景，可是研制机器人并不是那么简单的事情。这是一个多专业、多学科结合的领域，并且制作材料也相当费钱。

可是心里有梦想就一定要实现，这就是张永佩的坚持。现在他在餐厅里投放的这几类机器人，虽然还是初级产品，但是他相信，在不远的将来，他的机器人一定会变得更加完善。现在他的餐厅已经看到了不错的效益，并且这里还成了周边各中小学的科普教育展馆。每天都有学校预约，希望前来体验新奇的机器人，小朋友们对机器人都很好奇。

张永佩：我们这个地方因为面积有限，每天在这儿定的用餐时间短一些，因为机器人还需要维护，还需要其他一些工作，现在可能每天用餐人数在300人左右吧。

在采访中我们发现，目前全国很多高校的相关单位都有机器人研制课题，并注重对学生动手能力的培养。其中有很多课题还进入了国家863计划的范围，在这样的发展形势面前，相信在很短的时间里，机器人的应用一定会比现在更加广泛。

随着机器人技术的发展，让机器人走进家庭已经不再是梦想，其实在我们生活的方方面面，机器人技术并不陌生，我们以后会有机器人厨师、机器人保姆，甚至还能有机器人保镖。还有其他家庭用的各种新型机器人，山东大学的机器人研究中心已经研制出了新型的家庭智能空间，接下来我们将为您介绍走进家庭的新型机器人。

（张瑞晰）

2. 家庭新成员

机器人这个词的出现和世界上第一台工业机器人的问世都是近几十年的事。然而人们对机器人的幻想与追求却已有三千多年的历史。人类希望制造一种像人一样的机器，以便代替人类完成各种工作。

西周时期，我国的能工巧匠就研制出了能歌善舞的伶人，这是我国最早记载的机器人。

据《墨经》记载，春秋后期，我国著名的木匠鲁班，曾制造过一只木鸟，能在空中飞行“三日不下”，到了汉代，大科学家张衡不仅发明了地动仪，而且发明了计里鼓车。计里鼓车每行一里，车上木人击鼓一下，每行十里击钟一下。

蜀国丞相诸葛亮成功地创造出了木牛流马，并用其运送军粮，支援前方战争。

现代科技的发展让很多事情都超出了我们的想象。现在有了机器人，很多事情都不用我们操心了。人们会想，因为工作忙，我根本没有做饭的时间，有没有一个可以给我做饭的机器人厨师呢?

早在20世纪初期,人们对于机器人代替人类劳作就有着无限的梦想,然而,限于当时的科技水平,这只能是出现在电影中的镜头。而随着现代科技的发展,机器人这个概念对我们来说已经不再遥远了,特别是一些服务型机器人的出现,在一定程度上代替了人类劳动。有没有一个真的会做饭的机器人呢?这个在8年前被称为是“天方夜谭”的想法,今天变成了现实。

刘信羽(机器人厨师的发明人):我从小就喜欢吃好吃的,但是很懒,不喜欢做,也不会做,我就想,有没有简单的办法,能够让人吃到很好的食物?

中国人对于吃,一贯非常讲究,要荤素搭配,还要营养均衡。中国家庭平均每天用在做饭上的时间大概是两小时。虽然在我们的厨房中已经有了一些智能型的机器厨具,比如高压锅、微波炉,但它们的功能都比较单一,不能完全满足我们对吃的要求。那么,我们还需要什么样的机器人,才能为我们做出可口的饭菜呢?

这位就是一个会炒菜的机器人。在控制屏幕上点击开始键,机器人便开始工作,点火、往锅里加上油,此时,红外测温装置将锅内的温度反馈到控制系统,一会儿之后,料盒从一旁的小窗户伸进锅具上方,将物料投入锅中,这时,锅盖和搅拌装置开始工作。翻炒几秒钟之后,加入配料,前后不过两、三分钟,一份宫保鸡丁就出锅了。

阿姨:你尝这个,挺嫩的,还挺好吃。

大爷:还可以。

再来一盘清炒虾仁,大家又会觉得怎么样呢?

大妈:口味很清淡,这个虾仁不是很咸,现在不是提倡低糖、低油吗?

在一片称赞声中,也有人提出了疑问。

大叔:口味是不错,不过需要人先做很多工作。

目前,这台机器人所用的食材和配料都是由专门的工业生产链提供的。每一道菜都有相应的独立料盒,里头包括做这道菜的所有食材及调料。

那么,机器人除了会做宫保鸡丁和清炒虾仁之外,还会做什么呢?鱼肉应该是一道不太好料理的食材,因

炒菜机器人

为鱼肉本身肉质太软，在锅里如果不去翻动，它就会焦，但如果拿铲子去铲，又很容易把它弄烂。如果让机器人来做鱼肉，它会表现得怎么样呢？这道糟香鱼柳，看上去一点也没有炒焦或者炒烂的痕迹，每一块都很完整，闻着也是喷香诱人。

大妈：挺省力的，那我们就可以解放了。

一位厨师在整个烹制过程中，主要是让锅具动起来，这种手法可以保持锅内菜料形态的完整，并能使其均匀受热和调味。

然而，具体的一个动作，人来模仿和学习是很容易的，但机器是没有生命的，如何让它们来实现这些动作呢？

炒菜机器人炒的宫爆鸡丁

机械专家需要找出锅运动的轨迹、运动速度和力量，将它们具体化、数字化，再变成控制程序输入到机器上。

周晓燕（扬州大学烹饪学院烹饪系主任、副教授）：实际上我们在输入这个菜的时候，配方都是我们请各个菜系最有名的厨师手把手教出来的。他先做一遍，人机对比，做出来的数据我们把它采纳下来以后，把这个原始的数据输入到电脑里面去，让机器人做。

炒菜机器人炒的清炒虾仁

原来，机器人厨师的手艺是得到了国内各大菜系掌门人的真传，然而，口味的标准化又带来了新问题，大家吃饭喜欢换口味和创造新口味，虽然这位机器人厨师目前可以提供多名厨师的烹饪手艺以供选择，但它还不能实现调节和创造。

赵言正（上海交通大学机器人实验室教授、博士生导师）：它是一个具有一定智能的机器人，但是还不是智能非常高的机器人。要做智能程度非常高的机器人，还需要加好多传感器，还需要我们以后共同努力。

作为我们自主研发的第一台烹饪机器人，它的诞生和面世，让所有人为之振奋，然而，研发者们并没有停止探索的脚步，现在他们又开始了新的征程，那就是家用烹饪机器人的研发。

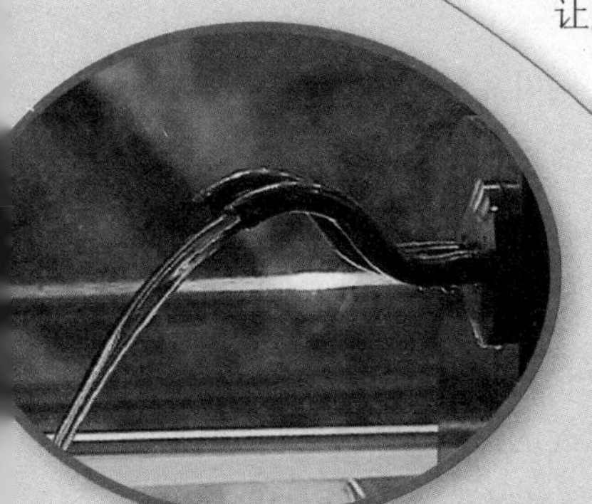

先进技术武装到家庭，机器人渗透我们的生活，有了机器人厨师，做饭也能自动化，加上机器人保姆和护士，老人的照顾也能做到。

炒菜机器人倒油

从20世纪20年代开始，人们就开始研制各种机器人，有厨师机器人，有清洁机器人，这些都可以归类为服务型机器人，它们能够照顾独居老人，帮你做家务等，人类使用机器人可以从很大程度上降低劳动强度，那么，现在机器人的应用又到了什么阶段呢？机器人走入家庭会是什么状况呢？前不久我们来到山东工业大学机器人研究中心，他们那里有几款机器人非常有意思，让我们一起来见识一下。

炒菜机器人加菜

山东大学机器人研究中心承担着很多国家级的研究课题，其中有一项叫做智能敏捷家庭助理机器人综合平台的项目，这个项目研究的是家庭智能化，为我们打造了一个智能型的家居环境，那么机器人在这个环境里可以为人做哪些工作呢？

炒菜机器人刷锅

田国会（山东大学机器人研究中心教授）：我们可以基于智能空间技术，

服务机器人

在这种复杂的家庭环境内，搜寻我们要找的物品，找到以后要进行识别，然后要对它进行抓取，再完成运送和递给被服务者这个过程。

说起机器人服务，人们可能很直观地想象，就是一个人形的机器，可以听懂我们的语言，并且根据指令去完成工作，但事实上，这个场景现在还只能在电影里才能见到。那么，在智能化的家庭空间里，真实的机器人服务又会是怎样的情景呢？

田国会：我们可以通过这种简单的方式，就能够让机器人来服务，比如说通过语音，“我希望机器人把茶端过来，机器人你可以把水果给我拿来。”这样让机器人能够实现这些任务。

要想让机器人完成人类的一个简单动作，都要涉及诸多学科的知识，怎样才能让机器人听懂我们的语言命令呢？这需要一个语音识别和通讯系统，接下来，机器人要走动和完成工作，还需要导航和一些必要的机械装置。在山东大学机器人研究中心，我们认识了一位可以帮我们拿东西的机器人。它又是怎样完成任务的呢？这是一个模拟的家庭空间，主人回到家，向机器人发出了指令：找绿茶。

机器人：您确定找绿茶吗？

人：是的。

机器人：好。

当给出确定的命令后，机器人开始行动了。这个机器人采用的是履带式行走方式，它的身上装载着控制系统，可以让机器人知道应该做什么。现在它的任务是找到绿茶，它能准确地找到目标吗？

让人没想到的是，机器人这次竟然没抓住目标。更出乎我们意料的是，没抓住瓶子的机器人，突然出现了故障。

经过简单调试，机器人似乎恢复了正常，它准备再次尝试抓取目标。这一次，它成功抓住了瓶子。接下来，机器人将绿茶成功送到了指定位置。

看到机器人完成任务，让我们好奇的是，作为一架机器它是怎样找到绿茶的呢？

田国会：在这儿我们可以首先用简单的图像处理方式，通过轮廓、颜色就能够大概知道哪些物品是我们要搜寻的基本目标，有了这个范围，然后我们在这个物品上贴一个智能化的人工物标，就相当于我们的条形码一样。

机器人身上装载了图像采集和识别的摄像头，就像是人的眼睛，它们并不认识要找的物品，而是通过贴在物品上的二维识别码，才知道原来绿茶就是这个物品。确认找到目标之后，机器人会再次询问下一次任务。

那么，机器人准确地按照指令将绿茶放置到了指定位置，这又是怎么做到的呢？

田国会：机器人运行，我们采用的是智能空间技术，它可以通过物标或者是人工地标这些智能标志获得大量的信息。通过这种物标智能标志这种方式，可以让机器人比较直接，比较简单就可以理解我们的环境。

由于在这个模拟的家庭空间中，设置了一个完整的无线网络，房间的角落里安装了视频系统，地面上和天花板还设置了标记，机器人在这个网络中，可以根据这些标记，实现导航定位，规划路径，然后完成任务。

看似笨拙的机器手竟然能抓取物品，还能在家里自由穿梭，机器人保姆还能做什么工作，家庭环境如何实现智能化的转变？

机器人知道人在做什么

由于机器人技术涉及高级整合控制论、机械电子、计算机、通讯、材料和仿生学等诸多学科，所以，要做一个能真正帮助人类做家务的智能机器人，还真是挺复杂的，不过现在的机器人技术也已经超出了我们很多人的想象。刚才我们看到的是一个简单的家庭智能空间，其实，先进的技术已经帮助我们实现了很多生活中想象不出来的场景。美国比尔·盖茨的家，就是一个非常完备的网络世界，据说他的家里安装了几十千米的光纤通讯电缆，每一个进入房间的人都要带一个胸针，以便于电脑识别，否则就会被认为是入侵者。他的厨房有机器人厨师，房间灯光电器游泳池都是电脑控制，还有最先进的网络视频会议系统等，其实这些技术在普通的家庭中也能够实现，为我们提供很多方便，只是现在因为成本安全等诸多因素没有被更多的人接受，不可否认这是一种发展的趋势，想想有一天如果您的家里也安装了这样先进的智能空间系统，应该是一件不错的事情。

在智能化的家庭空间里，有时候一些指令并不需要机器人去完成，电脑直接控制各种电器，也能实现减轻人类劳动的效果。在这个模拟的家庭空间中，主人回到家，直接说句话，电脑就完成了人想要做的事情。

人：打开窗帘。

电脑：您确定要打开窗帘吗？

人：是的。开关灯，开关电视。

窗帘能够自动打开，是因为窗帘的开关与电脑网络相连，同样，电视和台灯的开关也与电脑相连，关键是家里的电脑控制系统能够识别人的语音命令，才能完成相关的动作。

这里展示的只是家庭智能空间中极为简单的指令和控制，同样的道理，家庭智能空间中，所有的家用电器都能与电脑相连，再加上几个提供其他服务的智能机器人，都可以共享这个空间的智能网络。

田国会：这些机器人要进行相应的服务，面临两个问题，一个是它的导航和定位能力，再一个是它的操作和服务能力，那么我们智能空间技术也正是基于这样的考虑，将来服务机器人进入家庭，可能有好几个，这个智能空间可以作为多个机器人多种类同一功能平台，大家自己不用带这样的设备，把设备都分布在空间里面了，大家可以共用。

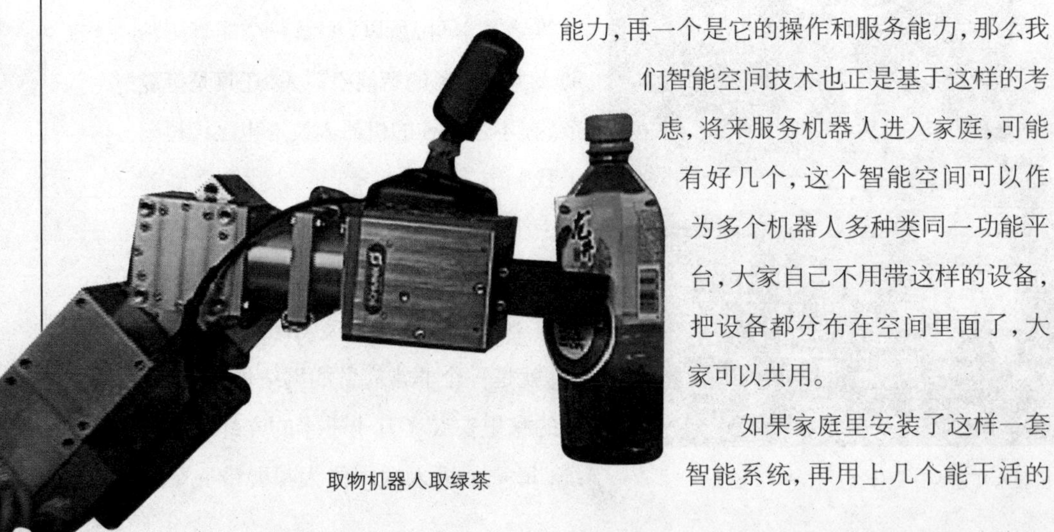
取物机器人取绿茶

如果家庭里安装了这样一套智能系统，再用上几个能干活的机器人，那么，家庭中的劳动强度将会大大降低。在这样的智能空间中，如果有独居的老人或者孩子，也能得到机器人精确的照顾。

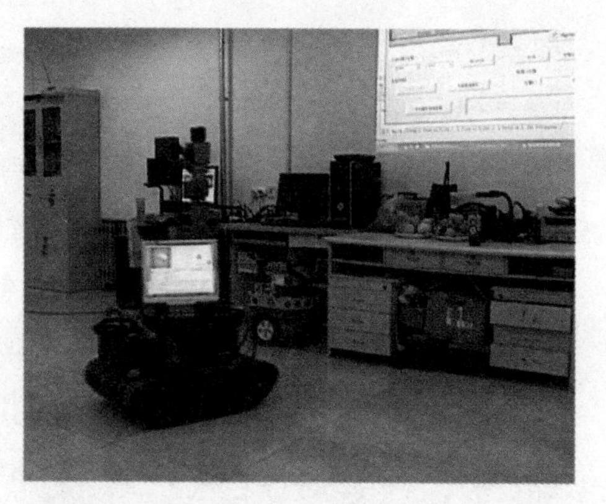

取物机器人

这是我们模拟的家庭环境，这一次，有人摔倒了并且需要帮助，机器人能不能发现这个情况而采取措施呢？

发现有人摔倒，机器人很快发出信号，并且向人摔倒处走去。这个机器人是怎么知道摔倒的人在哪里的呢？

取物机器人的眼睛

原来，这个智能空间的总控制电脑发现摔倒的人之后，很快将信息传递给机器人，然后在机器人附近的地面就会出现一个导航的光斑，机器人跟着这个光斑，就能找到摔倒的人，并为摔倒的人提供一些帮助，把救助信息发送到医院或者救护中心。

田国会：比如说我们在实验中，发现人摔倒之后，机器人单纯依靠一个低成本的简单的摄像头，就能够实现快速的自主导航，通过寻迹导航，能够到达目标位置，进行相应的服务，在智能空间技术下，能够提高机器人的导航能力。

这个智能化的家庭空间不仅可以应用在家庭，还可以用于各种环境，比如医院、养老院、幼儿园等，特别是对独居老人和孩子的照顾，这个系统显得非常实用。

如果在家庭中有不适合安装摄像头的房间，还可以采用另外的方式进行处理。这位实验员现在扮演的是一位独居老人，他的身上安置了不少特殊的模块，这样，电脑通过模块采集信息，我们就可以观察到老人在家里的活动，并保护了老人的隐私。

田国会：我们目前服务机器人智能空间技术，是针对家庭服务这一块，下一步我们要把服务机器人智能空间这种技术进行一个扩展，下一个项目就是扩展到我们的医院巡视。

看完文章，您一定会很开心，因为在不远的将来，家里的一切事情好像都可以交给机器人来做了。其实这个想法也不完全对，因为机器人只是一部机器，它只是辅助人类完成工作，在生活中，绝对不能完全替代人类的劳动。

由于机器人在各个领域的广泛使用，使一部分工人失去了原来的工作，于是有的人对机器人产生了抵制情绪。其实这种担心是多余的，任何先进的机器设备，都会提高劳动生产率和产品质量，创造出更多的社会财富，也就必然提供更多的就业机会，这已被人类生产发展史所证明。任何新事物的出现都有利有弊，只不过利大于弊，很快就得到了人们的认可。比如汽车的出现，它不仅夺了一部分人力车夫、挑夫的生意，还常常出车祸，给人类生命财产带来威胁，虽然人们看到了汽车的这些弊端，但它还是成了人们日常生活中必不可少的交通工具。

从世界工业发展的潮流看，发展机器人是一条必由之路。没有机器人，人将变为机器；有了机器人，人仍然是主人。

（张瑞晰）

3. 钢铁战士

今天我们要为大家介绍几个平常不容易见到的大家伙，这几个机器人可以说是目前国际上比较先进的机器人技术的代表。

2011年1月，我们的记者来到中国科学院自动化研究所，在那里发现了一个庞大的铁家伙。

乒乓球机器人打乒乓球1

这是中国科学院自动化研究所的一个实验室，一位研究员告诉我们，这个庞大的铁家伙是一台高性能的机器人，那么它的本领是什么呢？就是这样一个笨重的机器，竟然会打乒乓球？于是，我们准备跟它练练，考验考验它。

接球，推挡，还真像那么一回事，没想到这大家伙一动起来，速度还挺快，我们有点接不住招了。

徐德（中国科学院自动化研究所研究员）：我们这

个乒乓球机器人，最大的特点是能够快速识别飞行的物体，也就是说它的眼睛是最有特色的。

仅仅能接两个球还不算真实水平，机器人能不能和乒乓球爱好者进行一次比赛呢？一位志愿者自告奋勇地站到了机器人对面，他的身后，还有很多观战的人，机器人和人打乒乓球的比赛，结果会怎样呢？比赛开始了，发球的是人，球发过去了，可是机器人怎么没动啊？

徐德：后边有很多的人，背景比较复杂，有些人手里还拿着球，球也在晃，和打球的球很难分辨出来，到底应该跟踪哪一个球？一旦跟踪错误的话，就不能做到把球拍放到真正要打的位置上。

经过询问我们才知道，原来是这里的环境太复杂，把机器人彻底弄糊涂了。

机器人：你们到底哪一个人才是来打球的呀？哪一个球才是我要打的呢？

原来，这个大家伙的眼睛就是悬挂在几个角落的摄像机，它依靠摄像系统采集信息，迅速进行数据分析，然后才能做出推挡的动作。人太多，摄像机分辨不出目标了。

徐德：两台摄像机同步来采集乒乓球的图像，计算出它的图像坐标，然后利用立体视觉原理，来计算乒乓球的三维坐标位置，利用三维坐标位置，拟合出一段测量段的轨迹，把测量段的轨迹根据飞行模型、碰撞模型，又测出来落点、反弹轨迹，最终得到一个击球的参数。

现在，站在人背后的观众全部走开了，干扰机器人眼睛的障碍物消失了，它可以专注地打球，比赛重新开始，结果会如何呢？

乒乓球机器人打乒乓球2

这个回合还挺成功，但最终在人类的强大攻势下，机器人还是没能接到这个球，比赛以人的胜利而告终。乒乓球比赛告一段落，可是我们发现，就在实验室里还摆着一个大鱼缸，研究所里怎么还有鱼缸啊？只见一条大鱼在水中自由翻滚。

走近一看，这条鱼竟然是机器鱼。鱼的外表由仿生的硅胶皮制作，看上去就像真的一样，游动起来也分辨不出真假。它们是靠什么动力在水里游动的呢？

喻俊志（中国科学院自动化研究所副研究员）：这个

乒乓球机器人的眼镜

是充电头，机器鱼的动力就是通过这个接口来充电的。

记者：里边有一个小的蓄电池？

喻俊志：对，里边有一个锂电池。

机器鱼并不需要特别强大的动力，锂电池就可以满足它对动力的需要。鱼的眼睛是一对传感器，能对外界环境进行基本判断。在人工操作下，它还能完成各种动作。可是，做一条这样的机器鱼，是要用在什么地方呢？

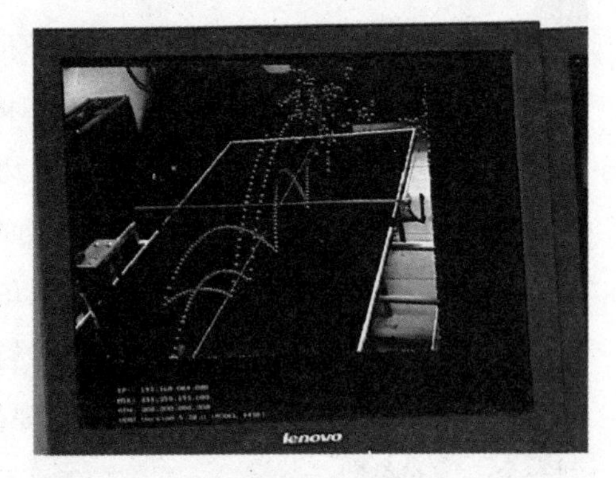

乒乓球机器人可以记录乒乓球的运动动轨迹

谭民（中国科学院自动化研究所研究员、国家863计划专家组成员）：你如果装上各种各样的传感器，它可以携带传感器在水中探测各种各样的环境，比如温度、压力和其他的浑浊度，pH值等这一系列信息，通过无线通讯传送到远端，就可以对水下构成一个水质检测的环境。

原来，机器鱼可以帮助我们对某一水域进行环境监测，它的游动方式是模仿鱼类的游动，具有机动灵活的特点，在人类不容易进入的水下世界，它们可以自由自在地游动，把我们需要的科学数据传回指挥中心。

谭民：比如我们最近在机动性和灵活性上采取了各种各样的控制方案，使得这机器鱼可以前滚翻、后滚翻，充分体现了机器鱼机动性、灵活性的功能，实际上机器鱼还有另外一个很大的功能，就是隐蔽性。

认识了乒乓球机器人和机器鱼，我们了解到这是中国科学院自动化研究所的课题之一，其中包含的技术问题是目前研究机器人技术的重要方面，比如乒乓球机器人的视觉信息采集系统、快速移动系统，以及仿生机器鱼的水下游动、上升下潜等技术，这些技术在机器人的制造领域，也是非常重要和关键的技术。那么，拥有如此先进的技术，它们算不算真正的智能机器人呢？

谭民：智能机器人主要是3个方面，一是感知，一是决策，还有一个就是执行，体现出从传感器探索周围的环境，然后进行决策，判断需要做什么样的工作，再去执行，完成相应的作业。比如说打乒乓球的，它有一些智能，因为它能够感知环境、探测环境，然后进行自主的智能决策，这就是一些智能体现。

先进技术的应用可以使竞争占尽先机，从容面对各种复杂环境，除此之外，机器人还能在哪些特殊领域里来去自如呢？

其实，我们在拍摄会打乒乓球的机器人的时候，有一个很好奇的问题就是研究这个机器人的目的就是为了制造一个能打球的机器人吗？专家告诉我们，其实不完全是，这个机器人实际上还是集各种先进技术于一身的一个高科技展示平台，这些技术可以适用于各类专业机器人的制造和研发。科学家们研究机器人的目的是什么呢？除了减轻人类劳动强度之外，还可能被运用在提高战斗力的方面。拥有先进的机器人技术，是一个国家的军事实力的体现。

最近，有一篇报道说美国波士顿动力学工程公司正专门为美国军队研究设计新机器人“猎豹”，研制成后，它将与美国士兵一起工作。

据说这个猎豹机器人将能够全速奔跑，急转弯，走Z字形，还能突然停下，行动非常灵活。虽然这个猎豹机器人的成本，到目前为止还没有公布，但是我们也可以预料得到，数目一定不少。

虽然猎豹机器人还没有完全研究好，但是之前美国已经公开了另一个机器人的资料，这个名叫Big dog，大狗的机器人，可以说，是目前世界上最先进的机器人了。今天我们就带大家开开眼，见识一些我们国家非常先进的机器人。

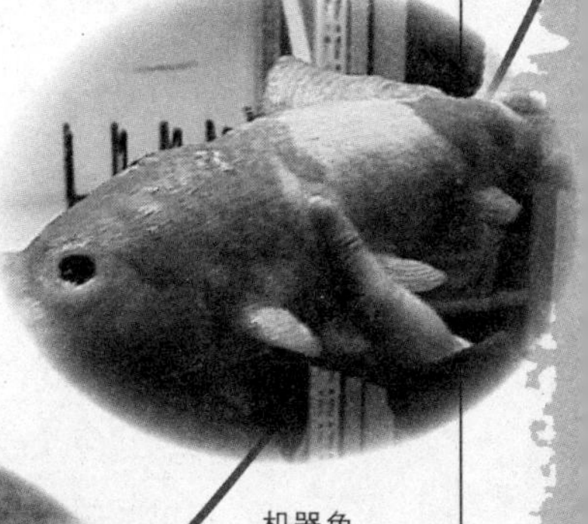

机器鱼

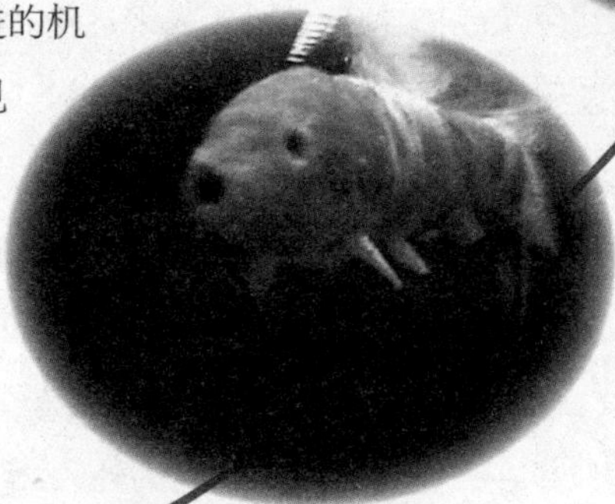

机器鱼在水里1

机器鱼在水里2

仿生四足机器人

面对冰冷的机器人，有人愿意赋予它人类的性格特征，它也许是朋友，也许是宠物，也可能是敌人。然而在危难的时候，也许它更是最亲密的战友。

如左图这个长得很奇怪的四足机器人被命名为大狗，与以往各种机器人不同的是，大狗并不依靠轮子行进，而是通过四条铁腿行走，因此又叫四足机器人。

大狗的四条腿完全模仿动物的四肢设计，内部安装有特制的减震装置。

它的行进速度可达到每小时7千米，能够攀越35度的斜坡。它可携带重量超过150千克的武器和其他物资。

这种机器狗的体型与大型犬相当，具有极强的适应能力。它可以为士兵运送弹药、食物和其他物品；它能够行走和奔跑，而且还可跨越一定高度的障碍物。

荣学文（山东大学机器人研究中心高级工程师）：目前美国正在研制更高级的四足仿真机器人，准备应用在军事上，给士兵驮运重物，这样也可以加快行军速度。

可不要小瞧了这个四足机器大狗，它的越野能力和负重能力还真是让人惊讶。在恶劣的环境下，它也能坚持完成任务。

宋锐（山东大学机器人研究中心副教授）：它现在用于山地的物资运输，因为在山地，悍马车也好，其他车也好，越野能力总是有限的，爬不了山，还得走山路，但是山上没路怎么办？就用这种足式机器人来运输。再就是外星探测，比如月球、火星这种地方，也可以用这种方式。

美国的大狗机器人是模仿动物行走习惯，多种机器人新技术的整合运用。2011年1月，在山东大学机器人研究中心的实验室我们看到了我国第一台自主研发的仿生四足机器人，这个四足机器人与美国大狗有着异曲同工之妙。

荣学文：美国大狗机器人是现在世界上最先进的机器人，它的技术资料是完全保密的，我们只能在一些资料上看到它的外表，但技术资料是看不到的，咱们研究机器人主要技术上的难点，一是仿生机构的设计优化，再一个是机器人结构上要适应复杂的地形环境。

这台仿生四足机器人到底有多大本领呢？它能像美国的大狗机器人一样神奇吗？我们决定体验一下它的性能。

由于还在研制阶段，这个四足机器人仅仅是样机，但是，被绑在实验台上的这个大家伙还是向我们显示了它的实力。在实验员的操作下，大家伙开始慢慢地踱步，不一会儿，它的速度加快了，在强大的液压柴油动力支持下，它的跑步速度非常快。

荣学文：四足仿生机器人在快速奔跑的时候，至少有两个足，或者两条腿是抬起来的，所以它在奔跑的时候是不稳定的，这样它的动态稳定控制非常重要，这是一个非常关键的技术。

山东大学机器人研究中心的这台仿生四足机器人，目前还不能真正走出实验室，在它的动力系统研制方面，仍然存在一些技术难题。在实验室里，我们看到四足机器人现在还需要庞大的柴油发动机，为它提供动力，可是在实际应用中，如果它总是带着这个发动机，可怎么工作呢？

荣学文：技术难点是室内固定的液压站现在重量在700千克左右，那我们这个机器人将来整体的重量是120千克左右，这个机载的液压动力系统必须进行微型化设计。

液压动力系统的微型化是现在这个四足机器人的难题之一，解决了这个问题之后，这个四足大家伙就能轻装上阵，帮助人们完成任务了。据了解，目前韩国和意大利也在进行四足机器大狗的研制。2009年，韩国的机器大狗已经实现了行走任务，意大利还研制了液压和电力混合动力的大狗。咱们国家这个大狗的样机，也实现了行走的研制。机器人技术的发展，使其应用领域日益宽广。山东大学机器人研究中心的另一个机器人是专门为探测井下恶劣环境而设计的，这个机器人能在井下发生事故以后，进入复杂的巷道进行探测和救助。让我们来看看这个机器人的神奇本领吧。

地面移动机器人

井下探测需要它大显身手，危难之际方显英雄本色。它能登高爬山，还能潜入水底，机器人无所不在，它是机械产品，也是人类伙伴。

与电影中的拆弹机器人相比，它没有安装能探测炸弹的装置，但是这并不代表它的弱小，因为它装载着先进的传感设备，能在井下实现探测和救助工作。与轮式机器人相比，它的行走方式能应付各种复杂的路面，它就是能进行井下探测的履带机器人。我们见到它的时候，就被它奇怪的上楼姿态吸引住了。

宋锐：因为地面移动机器人主要是这么几类，履带式、轮式、足式，履带式的优势在于它可以比较简单实现一个比较高的速度，再一个它的驱动能力比较强，地形适应能力也会比较强，比如说爬坡、爬楼梯、翻越障碍物。

轻而易举地上楼梯，其实只是这个机器人的小小本领，据说，它能进入发生事故的井下巷道进行救援，这才是它存在的意义。难道它真的有这么强大吗？ 2011年1月，我们来到了一个模拟巷道，准备对它进行一番考验。这是一个煤矿救护队平常用来训练的模拟巷道，四通八达的井下复杂环境考验着机器人的导航识别能力。现在，在这个低矮幽暗的巷道内，发生了一个事故，救护队员一旦进入必有生命危险，此时，我们的钢铁战士出马了，它能不能顺利进入并传回信息呢？

宋先明（兖矿集团矿山救护大队总工程师）：机器人能够放进去，能否遥控，通讯是最关键的，不然的话放进去以后它出不来，或者进到里面没有信号，就失去意义了，我们当时研发的时候，要求它独立行走的能力不小于500米。

能够接收信号，机器人才能安全地回来，这个实验才算成功。经过几分钟的等待，它的身影出现在巷道的另一个出口，它成功回来了。

接下来的考验是在复杂路面行走，我们设置了沙土和砖块的障碍，它能过去吗？它顺利通过了。看来履带式的行走方式的确具备强大的优势，不过，仅仅跨过沙土和砖块还不够，矿井里什么情况都有可能发生，面对这个轨道上的障碍，它能不能成功跨越呢？

之前一直表现不错的机器人，在最后的翻越阶段，竟然失败了。

宋先明：因为机器人本身也是个机械设备，咱们在做实验的时候，正好是矿车被这个地方硬碰硬卡住了。要是能够解决简单的高度，比如说操作员正确的操作，稍微错开一点儿，这种环境应该能避免。

看来，做一个强大的机器人也不是一件容易的事。在井下巷道内，还有一种特殊的环境，那就是井下发生爆炸，如果发生事故后，矿井内充满浓烟和有毒气体，救护队

地面移动机器人翻越障碍

地面移动机器人涉水测试

员也无法进入救援，矿井内情况不明，这时正是这些钢铁战士大显身手的好机会。我们模拟了浓烟环境，想看看这些钢铁战士的表现。

宋先明：机器人放进去以后，是否能测出一般的气体浓度、有害气体浓度有哪些，它的种类和浓度有多少，很关键。像我们今天做实验的时候，在高温浓烟的情况下，它的数值显示一氧化碳浓度在300，实际上传输过来，到指挥系统也是300，目前看来，检测装置这一块符合要求。

这些画面是在通过机器人身上装载的视觉系统传回的，记录了机器人进入巷道内看到的情况，在浓烟的环境下，人眼根本无法识别任何目标，而机器人的视觉系统安装了热成像装置，它能捕捉人体发出的热量，从而发现需要救护的目标。

宋锐：它的主要目标是进行有气体的探测，有温度、湿度的探测，有影像的探测，声音的探测，还有就是热像，穿越烟雾、穿越黑暗进行搜救，这些是它的主要作用。

井下发生事故后，巷道内很可能会出现积水，那么，这个小个头的履带机器人会不会怕水呢？如果它在井下因为进水而无法工作，那就失去了存在的价值。对此，我们又设计了一个简单的涉水环境对它进行测试。面对5厘米高的积水，它的表现还不错。

宋先明：目前看来，我们这台简单的机器人能够进行一些灾区侦查、探测，能把里面的一些数据反馈回来，基本上目前能做到这一部分，至于它的实用情况，现在正处在实验阶段，还没有进入实际性的事故抢救，有好多东西还有待于进一步研究。

不看不知道，一看很惊讶，原来还有这么多我们没听说过的机器人，用在军事领域的、运输的、侦查的、排爆的、探测的，有些是人类去不了的危险地方，它们都能一显身手。可以说，机器人是我们人类身体功能的延伸，也是我们思想的延伸，它可以被用在为人类造福的领域，也可以被用在与人类为敌的地方，要怎么用，就看用机器人的人是什么目的了，总之，我们希望世界和平，希望机器人技术能更多地被用在为整个人类造福的方方面面。

4. 玩转机器人

在带领您见识了各种各样的机器人后，可能您会觉得，这绝对都是属于高科技的东西，不过好像离我们比较远。您平时想看见它的确不容易，就拿那个会打乒乓球的机器人来说吧，那个确实是在我们中国，但是一般人想见它一面啊，还真不太容易。不过今天给您介绍的这一类机器人，我相信谁都有机会接近它，只要您愿意，任何人都可以拥有它。为什么呢？它们价廉物美，属于玩具机器人系列。要说玩具机器人，可是这个家族中非常庞大的一员啊。

在很多科幻电影中机器人能够千变万化，并且无所不能，而现实中的机器人玩具到底是什么样子的呢？长得像机器人一样的玩具在市场里并不少见，可是智能机器人玩具，却并不都是人形的。这几个小玩具。别看它们小，但是却各有各的绝招。如果碰到东西，甲虫的触角碰到东西，它就后退改变方向。

这个机械螃蟹听到声音能够改变前进方向，还能够躲进阴暗的地方。这个机器人经过遥控，能够模拟一种远古已经消失的昆虫的行走方法。这些小机器人有着不同的传感器，能够感知周围的环境并对自己的动作进行调整，这也是智能机器人玩具中最简单的一种。机器人玩具有简单的、也有复杂的，这只机器宠物在机器人玩具里就属于比较高级的。它在非常享受时，眼睛慢慢闭起来睡觉，还能听到打呼噜的声音。

这个电子宠物有这么多功能，到底是为什么呢？别看它外表简单，其实里面却大有文章，它的身体里遍布着传感器，这些传感器能够感觉到人的触摸，然后将所有信息传送到中央处理器里，这和真正的大型机器人原理其实是一样的。这时候周围的人越来越多，这个机器宠物竟然表现出害羞的表情。看着这么可爱的电子宠物，周围的人对它都很感兴趣，忍不住要上来摸摸它。

看到电子宠物受到大家的喜爱，另外一个小机器人耽不住了，它也展示起了它的绝活来。这个机器人叫i索宝。别看它不大，但是能力可不一般。这个机器人曾经被评为世界上最小的人形机器人，它身上的每个关节都能模仿人的关节运动。这个机器人不仅能表演，还能够听懂一些简单的命令。这么好玩的东西放在眼前，边上立即就有人想亲身体验一下这个功能了。

经过几次尝试之后，机器人终于听懂了顾客的命令，顺利地动了起来。虽然这个机器人只能听懂固定的几个命令，还达不到和人交流的程度，但是能听懂部分人类的语言，并能够模拟人的一些动作，就算是玩具机器人也能做到模拟人了。看来科幻作品中那些能与人交流的机器人也许离人们的生活真的不远了。

高级机器人宠物

这么多机器人如今的孩子到底喜欢哪些呢？这些玩具对孩子有好处吗？带着疑问我们找到了北京市东城区青少年科技馆的刘睿老师。他的工作就是在青少年中开展机器人教育。

刘睿（北京市东城区青少年科技馆老师）：首先从入门角度来说，让更多孩子都喜欢。大部分孩子对这种机器人，首先是好奇，不会排斥，而且会很喜欢。

机器人玩具入门容易，可以很快引起孩子们的兴趣。可是要想玩好，那就不容易了。到底哪种玩具性能最好呢？我们做了一个简单测试。测试的内容是孩子们可以任选一款机器人，然后用机器人将场地中心的小球送入球门，方法不限。这个任务如何完成将由孩子们自己设计，开放的命题能够最大限度地激发孩子的想象力，同时检验机器人的性能。在布置任务的过程中，孩子们就已经兴奋起来了，看来机器人玩具对孩子的魅力可真不小啊。

经过一段时间的熟悉后，孩子们在那些玩具机器人中选择了一个带轮子的，这个机器人的特点就是能够向任意方向移动。孩子们认为动作灵活的机器人一定可以轻松地完成送球的任务，可是结果怎样呢？

由于机器人过于灵活，速度太快，球在轮子底下根本无法控制。经过多次失败

高级机器人宠物分解图

甲虫机器人

能听懂人类语言和模仿人类动作的机器人

后，孩子们决定换一个玩具试试。这次他们选择了一个能变形的机器人，这个玩具能够在汽车和人之间转换形态。

如今即使是玩具机器人也具备了不少先进的功能，这得益于机器人技术的发展。

刘睿：通过玩具的形式能让更多的孩子了解接受机器人，当然现在制成玩具的机器人，相对来说功能还比较简单，操控性也比较简单。

现在大量的科幻作品给我们提供了非常大的想象空间，也满足了小朋友们包括成人对这方面的好奇心理，很多玩具就深入人心了。比如说电影当中瓦力的形象，而且还有一个遥控器，可以控制它的前进、后退，可以让它到处走，别说小朋友看了很喜欢，就是大人看了都很动心，真想收藏它。不过从真正意义上讲，瓦力只不过是一个遥控的电子玩具而已。符合机器人定义的、需要具有人类预先输入的程序，而且具有传感器，可以感知周围环境的变化。可以在程序的指导之下，自己去完成一些工作，比如走动。

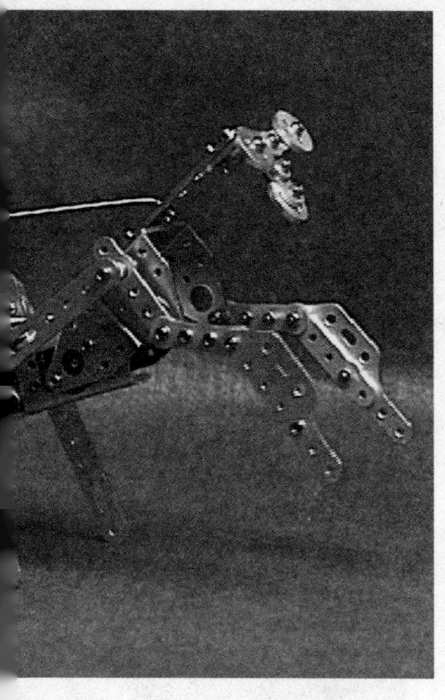

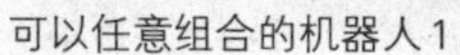

可以任意组合的机器人1

可以任意组合的机器人2

这个小家伙身上装有两种传感器，一种是对声音非常敏感，一种是对光线很敏感。通过改变这两个条件，可以控制它的一些行动。咱们现在把它打开，让它往前走，但是眼看着它可能就要掉下去了。但在声音的指挥下，它不断地变换着方向。现在再通过对光的控制来改变它的行动，据说只要把光阻挡住了，这小家伙就不动了。这就是传感器在它身上体现出来的一些具体功能。相信很多人看了之后也都特别想玩，大人都喜欢玩，小朋友能不喜欢吗？玩了这种玩具，可能孩子就想知道，这里面的传感器到底是怎么工作的？所谓寓教于乐，可能通过这种方式就能很好地体现出来了。

聪明伶俐的电子宠物，人模人样的小机器人，高科技玩具让我们大开眼界，智能机器人还能给我们什么样的惊奇？

机器人除了拥有智慧之外，还要有强壮的身体才能够帮助人类，做更多人力做不到的事情。一套积木能够搭出各种各样不同的东西，如果用积木来组建机器人的身体，那会是什么样子呢？这套玩具由多个部件组成，经过任意组合能够变化出各种各样的机器人。

随着工程师的巧手，一个又一个奇特的机器人出现在了我们的面前。这些机器人不仅能够活动，而且也非常形象化。这些机器人的电路部分都是一样的，通过改变身体结构，再加上电脑编程控制，就能够变身成各种不同用途的机器人。在加装了传感器之后，它们甚至还能做出很多惊人的举动。这辆小车能够看到地上的黑线。这个机器人在安装了特殊的传感器之后，能够自动调整身体的位置，一直保持直立。

现实中机器人的种类很多，功能千差万别。有的力大无穷，有的快如闪电。这套玩具提供了很多零件，孩子们能够凭借想象把机器人做成各种样子。机器人的身体是什么样子的，如何控制它运动，这些问题其实也是当今机器人领域里最常见的问题。

孩子是最执著的，一旦感兴趣就会一直钻研下去。在玩的过程中他们将遇到很多困难，但是这些困难都可以用他们在学校里学的数学、物理等知识来解决，这样在玩的过程中就融会贯通了。

孩子们会喜欢这套比较复杂的玩具吗？他们又会玩出什么样的花样呢？这次我们测试的内容同样是让孩子们想办法运用机器人将球送入球门，如何运用这套玩具达到这个目的呢？经过同学们的研究，大家决定改装一个特殊的机器人，这个机器人的行走是靠轮子，这样能够快速移动。在机器人的前端有一个夹子能够夹起球，并向前送出，可是想法是一回事，真正做起来又会如何呢？

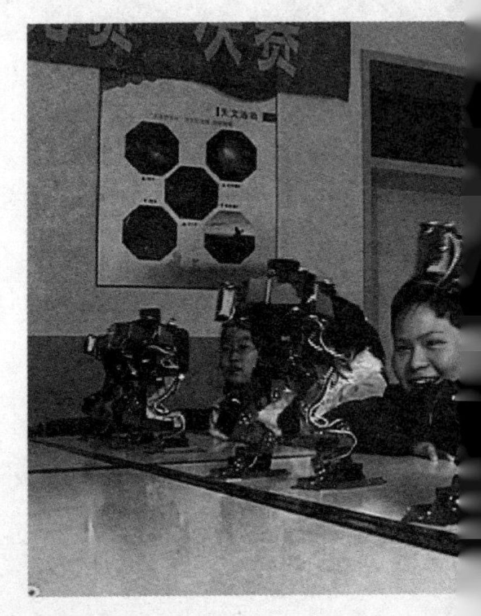

孩子们非常喜欢机器人

真做起来还真是不容易，几经努力终于把球送入了球门。这次大家的设计虽然很符合测试的要求，可是细节上还有待改进。不过，这种插板智能机器人玩具的想法却让很多孩子非常喜欢。

孩子：感觉性能挺不错的，就是跑的时候有点慢，觉得这个机器人能够激发我们的想象力。

在同机器人玩具玩耍的过程中，孩子不仅学到了不少知识，更重要的是还培养了他们动脑、动手的能力，这才是让孩子们接触机器人玩具的最终目的。

这个小娃娃应该也算是机器人，因为它里面有预先设定的一些程序，能够让它在听到人说话之后，做出语言上的反应。我们现在把它的开关打开，"嗨，我是双语宝贝，我叫逗逗，来和我聊天吧。你在干什么？我在想你啊，你多大了？我是家里年龄最小的。唱个歌吧。好的，我会给你唱首好听的。祝你生日快乐，祝你生日快乐。再见！谢谢你，我们在一起很快乐！下次再见！"这个小家伙之所以能够说话，就是因为在它的体内拥有一个语音识别系统。这个识别系统在听到声音之后，会把这些信号传送给中央处理器。中央处理器经过分析之后，来对应它已经预先存储的一些语言命令，确定这到底是哪一句话，以及它该做出什么样的反应，它还不是我们想象当中的机器人，它只是一个人形，它的关节不能够像我们人类那样去活动，它整个都是软的。如果能够像人这样自主活动，这个技术条件可就是非常非常难了。虽然难，其实在玩具机器人中，也有关节能够活动的这种人形机器人。

千变万化的智能玩具，启迪智慧的新鲜创意，是什么让孩子们兴奋不已？下面还有什么机器人更加神奇？

下面出场的是由森汉生产的人形机器人。这些机器人一上场就吸引住了孩子们的目光，而机器人的热舞更表现出了人形机器人出色的运动能力。

人形机器人是模拟人体结构的一种机器人，它们身上的每个关节能够随意运动，通过电脑编程对机器人的运动进行控制，使它们的运动能像人一样自由自在。

人形机器人的最大特点在于能够用电脑程序控制身体的各个部位，如此复杂的玩具孩子们能玩转它们吗？我们测试的内容还是想办法用机器人将球送进球门。由于人形机器人操作起来比较复杂，刚开始，同学们显然没有摸准这个机器人的脾气。

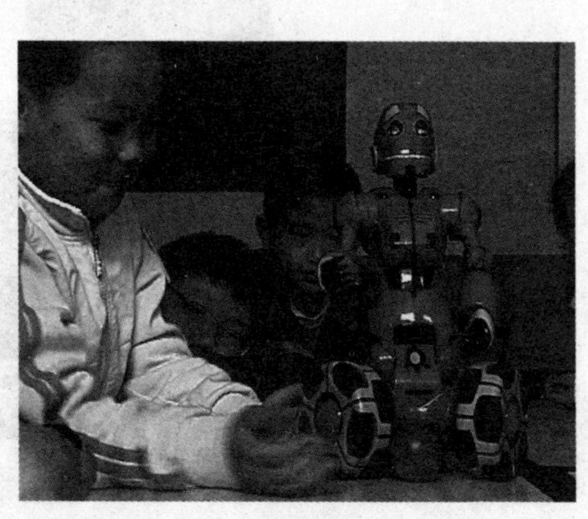

机器人与孩子

由于人形机器人所能够做的动作太多，要熟悉它的控制还真不容易呢。尽管一次又一次地失败，可是孩子们却没有任何厌烦，一次次去尝试。最终凭着他们的

具有优势的人形机器人

毅力，人形机器人以一脚漂亮的射门，用最短的时间完成了任务。人形机器人的优势尽显无疑。

孩子：自己可以编程的东西更多一些，可以让它做一些动作什么的。

第一次大家用现有的机器人玩具完成小球测试，但是效果不好。虽然这些玩具有着机器人最常用到的中央处理器和传感器等部件，科技含量也很高。但是机器人的功能和程序是固定的。因此，想要深入研究机器人，这些玩具仅仅只是开始。第二次大家用插板式智能机器人玩具制作了专门应用于小球测试的机器人，这次的测试完成得比较顺利，插板式机器人玩具能够充分发挥孩子们的想象力，用现成的零件组装成各式各样的机器人。这相当于让孩子自己成了设计师，将机器人的部件分解做成统一的模块，在不同的情况下组装成不同的机器人，这也是如今机器人领域里比较实用的技术之一。第三次测试使用的人形机器人则是最复杂的机器人，它能完成的任务也最多。这种机器人的优势在于能够用程序进行精确控制，完成任务的成功率也最高。人形机器人是当今机器人领域的热门，人形机器人玩具也是所有玩具里科技含量最高的。玩转机器人玩具仅仅只是一个开始，其实只要有了一定玩机器人的基础，再开动大脑，很多梦想都能够实现。刘睿为我们展示了几件他自己的作品，这些作品让我们吃惊不小，它们都是通过对现有玩具机器人的改造来实现的。

这是刘睿做的体感机器人，这个机器人能够通过放置在人身上的传感器，感应到人四肢的动作并且做出相应的动作。

机器人玩具在整个机器人家族里，也许只是个小弟弟，但是它们代表了现今机器人的先进技术，而且它们出色地完成了人们赋予它们的任

智能玩具机器人

务，带领孩子走进了机器人的世界。

看着这一张张笑脸，我们无比欣慰，孩子们并不缺乏探索科学的勇气和毅力，他们也没有丧失与生俱来的想象力和好奇心。也许就在此时此刻，科学的种子已经在他们的心中生根发芽。

体感机器人可以根据人的动作做出相应的动作

自己组装机器人，必须得心灵手巧。简单的机械常识得有一些，焊接、制作电路多少也得会，还需要会编写程序，有数学基础、英语水平等，在玩机器人的时候，毫无疑问都可能会得到相应的提升。这种动手能力的增强，绝对会锻炼每一个人的综合实力。不用说小朋友了，就算是成年人也是如此，建议大家有条件的话，把自己的玩具、电脑游戏，也都换成这一类的东西。这可以让我们生活当中的娱乐休闲，更加贴近科学。

（杨　力）

5. 仿真机器人

真假李咏PK的节目里，假李咏是一台机器人，由西安超人机器人公司历时近半年打造出来的，它不仅能模仿李咏的各种经典表情、动作，还能语音对话。然而，它到底能多像李咏呢？

看来，李咏2的首次露面比较成功，连李咏最熟悉的搭档们都惊呼太像了。

结束了央视元宵晚会的成功演出，李咏2回到了家乡西安，并在西安美术馆展出，大批观众闻讯赶来。

观众：根本就分不出来，站跟前也分不出来。他就非说是真的，我说不可能，李咏那么忙，他能来吗？

记者：觉得像吗？

观众：像啊，说话，还有那动作，都一模一样。

在展览中，只要李咏2机器人一开始表演，现场必被围个水泄不通。

整个机器人表演的时间大概为3分钟，除了外形跟真李咏几乎一模一样以外，据说这个李咏2还能跟人对话交流呢，它真的能灵活应答人们的提问吗？

现场体验后记者发现，机器人李咏能够回答的只能是固定的几个问题，无论用怎样的方式发问，李咏2的回答似乎都是一样的。

原来，并不是机器人能够听懂人的语言并做智能化的回答，它的奥秘其实是与之相连的一台计算机。也就是说，工程师事先录下一些主持人李咏的声音，然后根据观众现场的提问，选择回答，通过安装在李咏2身上的音响发出声音，同时配合李咏2的口型变化。

现场工程师告诉记者，李咏2最多能够做出256种表情，且惟妙惟肖，那么它的复杂表情又是怎么完成的呢？

杨义（专家）：如果把脸上的这层硅胶拆开的话，里面全是各种各样的机构连起来的，就和看的电影里面终结者的那个样子差不多。眉头上一个点，脸颊上两个点，然后嘴唇、下巴、眼珠、眼皮和眼球。

原来，李咏2的面部机械结构共设计了8个自由活动点，这台面部具有8个自由度的机器人目前是中国之最。

事实上，这已经是西安超人机器人公司制作的第三代机器人了，而在2006年之前，作为公司的创始人，邹人倜带领的团队是专门制作硅胶塑像的，在创业初期，硅胶人像颇受冷遇。

在春晚上演出

后台合影

邹人偶(西安超人机器人公司创始人):我拿这个做了一个手,把这个手放到包里面,然后到有关博物馆就跟人家说,这是一种什么材料,它的颜色非常逼真,手上包括青筋都能够看到,就这样,好些年不懈地推销。

复杂的线路

可能我们印象里塑像的材质常见的有蜡、玻璃钢,当然还有石头的、铜的。但是这些材质做雕像总有那么一点欠缺,不是不够逼真,就是对保存要求太高。邹老先生从一开始做雕像,就选择了一种与众不同的材料——硅胶。这是一种可塑性很强的、有一定弹性的材料。

机器人制作

这个道具手逼真到你得把脸贴上去看还不一定分得出真假的地步,但是把一个硅胶塑像做像了真不是一件简单的事情,总共要经过八十几道工序,先要把你的样子用泥塑好,然后翻成蜡像,在蜡像上细细修改再翻成硅胶像。这样翻出来的像还不行,后期的加工非常重要。比如说我们脸上的纹路、毛孔、手上的青筋、脸色、皮肤质感,包括毛发,这些东西的补充才决定着一个硅胶像是不是像真人。

泥塑

在超人公司的车间里,到处可见逼真的头和手,胆小的人无意中看到,会着实吓一大跳。

之所以逼真,除了雕塑师的手艺外,化妆和植毛发至关重要。看,这是个抽大烟的人手,这个手太白了,要化得再黄瘦一点。而植毛发的工作更是一件耗时、耗力的事儿。植这样一个头要半个月,用七八万根真头发。

邹人偶的团队做出来的硅胶像非常能唬人,据说,每次展览,都不知有多少参观者上当受骗。他们制作的硅胶像到底能真到什么程度呢?我们决定做一个实验。

我们悄悄把一个名叫"酣睡者"的硅胶像搬到这次展览的售票处,看看前来买票的观众会是什么反应。

观众:买票,买票。(敲桌子)卖票的睡着了,还卖票吗?大家进去吧。

观众：呀，这个底下通着电呢，那怪不得摸着还热乎着呢。

观众：我开始看两个都是真的，走近了又觉得好像两个都是假的，我一看还通着电嘛，估计是假的。

就在邹人倜做的仿真人完全能够以假乱真的时候，他又突然有了一个特别想法，能不能仿真人动起来，变成一个仿真机器人呢？

邹人倜：形象做得逼真后，如能让它动起来，产生一个动的效果，对于观众来讲，可能觉得更有意思。

仿真机器人就是在仿真硅像的基础上，在身体里加入机械装置和程序系统，让硅像能说话做动作。此前国际上的仿真机器人以日本制作的居多，她们的一招一式都非常像真人，通常承担展会或博物馆引导员的角色。

2006年，邹人倜突发奇想，决定做一个像自己的仿真机器人。2007年，老邹带着他的邹人倜一号首次亮相中国文化创意博览会，引起一片轰动。然后老邹和他的双胞胎弟兄代表中国去美国参展，没想到，他和邹人倜一号还上了《时代》杂志的封面。

邹人倜：我就变成了我的双胞胎兄弟的奴隶了，它到哪儿去，我得陪着哪儿去，它坐这里，我就陪在这里，这时候，无论中外观众一下子就涌过来，要跟你照相。

后来，老邹带着邹人倜一号参加了很多展览，走到哪里都非常引人瞩目，如今6年时间过去了，邹人倜步入了古稀之年，可他的双胞胎兄弟的容貌却仍然年轻依旧。

邹人倜：那时候我每半年添一点白发，后来添了两次以后我就决定不动了，再动的话，等于把头发全部拔掉，重新再做一次，我的头发一直白，所以我想算了，就保持这个五六年前的我，就这样，今后也不动它了。我就凝固在那个时代了，观众一说这是双胞胎，我说我今年七十多了，它现在6岁。

日本的仿真机器人

看到邹人倜一号如此受欢迎，老邹开

引人注目

表演宣传

始不满足于他的双胞胎兄弟只能眨眼转头，他开始琢磨着研发具有更多智能功能的仿真机器人。

2010年，世博会在上海举办，邹人倜的西安超人公司承担了为陕西馆制作表演机器人的任务。几番策划后，他们决定做高仿真机器人杨贵妃和唐明皇，这两个机器人本领可就更大了。

杨贵妃和唐明皇不仅能跟人语言沟通，还能听懂人的指令。

邹人倜：我们做第二代机器人，也就是唐明皇和杨贵妃机器人的时候，引入的技术就有一个比较大的发展，进步了。主要技术是用了一个图像识别功能和语音识别功能，设计了观众和这两个机器人之间的互动，可以提问题。

其实这是一个简单的语音识别系统，事先录好了一些话存在这个娃娃的身体里，然后按照已经准备好的问题提问，娃娃就会找到答案回答你了，而唐明皇和杨贵妃的语音识别系统更加复杂一些，它具有自动搜索关键词和识别一些语法的功能，只要有这个提问的关键词，你这样问，或那样问，它都能回答你。

就在记者打算亲身体验一下跟机器人交流的时候，发生了一件有趣的事情。

奇怪？仿真机器人杨贵妃怎么会认得记者呢？奥秘似乎在工作人员手上的这个摄像头上。

杨义：它和咱们用的比如像门禁、打卡机的指纹一个原理，就是有一幅图片，找它的特征，然后匹配。比如要识别你的话，首先做的一件事情是把你注册，下次见到你，

国外参展

我就认识你了，等于计算机做了特征识别的一套东西。后面可以根据操作，人工地给它一些个人信息，比如叫什么、年龄之类，输进去之后，就可以来组织一些对话，跟你交流。

邹人偶：我引用了别的领域里的技术，用到机器人这里，使得机器人的技术含量大大提高了。有了这两种功能，它就使得这种展览、这种陈列变得丰富有趣了。

这两个机器人的语音库里面输入了大量常规提问，如果你发音不准或带有口音，它就会出现无法识别的情况。如果你经常跟他交流，他对你的语音识别度将越来越高。

事实上，到目前为止，中国乃至世界所有的高仿真机器人都仅仅具有表演的功能，还没有实际功用。相比较其他的先进机器人而言，高仿真表演机器人在人工智能这一方面的能力是相对初级的。因为仿真与高智能之间有一个巨大的难题，那就是怎么把大量的精密机械仪器装进这个瘦小的身躯，让“他们”既能够动作自如，又能够能力超群。

邹人偶显得很乐观，他觉得进一步研发高仿真机器人，使他们成为家政服务机器人走入千家万户，陪伴老人、照顾病人是指日可待的事，因为人们都愿意自己的同类来陪伴自己。

邹人偶：要是再过些年，等我快不能动的时候，我也做一个外孙女形象的机器人，一天围在我身边爷爷长、爷爷短，你想心里多开心。

这些仿真机器人虽然外形非常像真人，但是动作语言再智能一点就好了，其实看起来简单，但要在仿真人的身体里做文章那是很不容易的。真的要想有一天有个仿真机器人跟人一模一样，不光是能说几句话，还什么都能帮我们干，恐怕还有很长一段路要走。我们希望仿真机器人的未来真的如邹老先生所说的那样能进入千家万户，能陪伴人类、帮助人类。

（吴宁远）

6. 机器人老爹

吴玉禄师傅这些年来一直埋头琢磨这些机械装置或者是机器人，在他们家这些东西已经发展到三十几代了，可以说您到他家参观一下就会觉得，这个吴玉禄，真的是心灵手巧，而且人家也是大名远扬，很多国外的电视台都来拍他，最近我们听说，吴师傅手里又有新的东西了，我们决定再给他来一次专访。我们来到了位于北京通州漷县吴玉禄家，在这个小院子里，我们看到忙碌的吴玉禄。

老吴是一个善于思考和有很强的动手能力的机器人发明家，从他手里制作出来的机器人五花八门，什么样的都有。

吴玉禄把自己制作的机器人都当成了自己的孩子，并给他们起了名字，第一个制作出来的机器人叫吴老大，再以后制作出来的就叫吴老二、吴老三，而他就顺理成章成了吴老爹。

吴老爹的这些机器人有一个最大的特征，那就是制作它们的零件，大多数是从二手市场或者废品收购站里淘出来的。

老吴带我们参观了他的宝藏室，在这里堆满了各式各样的零件，平时没事的时候，老吴会到处收集一些零件，攒下些可能需要的东西，等做机器人的时候，临时需要什么零件就会首先到这儿来寻找。

吴玉禄（机器人发明家）：这都是随心所欲的，很多东西没有成品，没有设计好，以后指不定哪天有思路了，就可以把这用上。

这些我们看来锈迹斑斑的齿轮和电机，在老吴的眼里可都是最重要的武器。

吴玉禄：这电机很贵的，一个就好几百块，是德国产的。

记者：还有哪儿的？

吴玉禄：有日本产的。

记者：这也不新啊？

吴玉禄：这是二手的。

记者：都是二手的？

工作中

您不买新的？

吴玉禄：新的，买不起，买一新的要花好几千元钱。你看这里，别人都是卖破烂，对于我来说都是宝贝。

在老吴的机器人里几乎用的都是这种二手市场里购买回来的宝贝。我们对老吴在垃圾堆里寻找宝贝的本事产生了兴趣。在老吴的带领下，我们来到离他家不远的一个大型的废钢材市场。刚到，老吴就有些兴奋，顾不上跟我们说话，开始专心寻找他眼中的宝贝。原来他的那些宝贝机器人身上的零部件都是从这里淘来的。

老吴是这里的常客，和机械齿轮几乎打了一辈子的交道了，不仅能一眼判断出有没有用，还能马上知道这个东西原来是在哪儿的。很快，他又捡起一个在我们看来不能用的东西。

记者：这是摩托车上的？

吴玉禄：这个是电流表，这个可以用得着。

记者：这能干吗？您做什么用？

吴玉禄：我给机器人充电，我得监控它的电流。

机器人拉车

也许今天天气太冷，雪下得太大了，好多东西都被冻上了，或者掩埋在雪底下了，今天的收获并不大，除了电流表，还捡了些不大的齿轮。老吴决定等下次雪化了再来看看。

在这里，因为都是工业用废铁、废钢材，老吴捡到的宝贝在这里按重量付钱。据说他几乎天天去，有时候能买个十来斤。

老吴带上淘回来的宝贝刚进家门，老吴的妻子也到家了，她一大早出门，是帮老吴买东西去了。刚进门，老吴就问妻子要他的东西。

老吴拿着手里的轴承比划了一下，告诉我们这个轴承的用途。

吴玉禄：开红酒的，我弄了好几个。买的那些开红酒的很容易弄坏。

老吴很快从屋里拿出小零件和红酒瓶，屋里屋外寻找了一番零件，开始组装焊接工作。

在5分钟不到的时间里，老吴就拿出了他制作完成的开瓶器，这个自制开瓶器使用起来到底怎样呢？

只听见砰的一声，塞在红酒瓶里的软木塞轻轻松松就出来了。

看得出来，吴师傅是一个很聪明的人，虽然没有怎么上过学，但是无论是这样的开瓶器，还是那些可以拧的东西，他看两眼就知道，这里面大概是个什么情况，然后自己想喝酒，就根据自己手头现有的东西，5分钟之内，临时就琢磨出一个来，甭管好用不好用，人家喝上酒了，达到自己目的了，而且速度还挺快，这就足以让人佩服了。再有，你看，吴师傅以前做的那些机械装置，不是做完了就往那儿一扔，再也不管，而是随时还要来一些小小的改进，那么现在吴师傅手底下的这些东西，又有什么新花样呢？

记者陪同首都师范大学电子工程系李永刚老师来到吴玉禄的工作室。刚进门，我们就看到老吴的招牌机器人吴老三十二，它是吴玉禄制作的第三十二个机器人了。李永刚老师也对这个机器人产生了浓厚兴趣。老吴教会李老师操作方法后，开始实地操作了。

李永刚（首都师范大学电子工程系副教授）：最大的特点就是模拟人的动作，看似粗糙简单的拉洋车机器人，真正让两条腿迈步走起来却不是一件简单的事。难度非常大，人走路是一个很难模拟的动作，包括国外都很少有做人形机器人的。很难做，尤其是这种抬脚的动作。

人双腿走路是骨骼和肌肉共同作用完成，看似简单的一个迈腿运动，对于机器人的研究者来说就是一个世界难题了。在国外能做成两条腿直立行走的机器人少之又少，日本一个著名的集团公司耗费30年时间，几十亿美金完成。那么老吴这个自己设

记者体验

为专家讲解

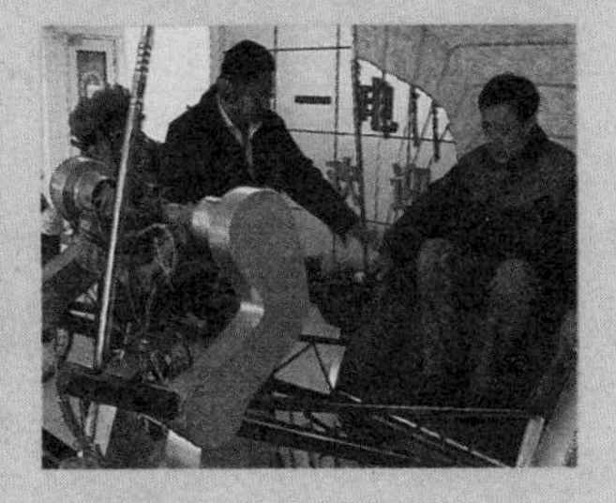

专家验证

计完成的行走机器人又有什么特征呢？

我们请老吴把车子拉出来，在宽敞场地适用一下，无论前进、后退还是拐弯，老吴都能轻松遥控，记者也忍不住想要上去试试。

刚开始，一切进行很顺利，可是，很快又有新的问题了，在记者操控下的吴老三十二走着走着，开始有些不听使唤，竟然走不了直线。

吴玉禄：你不会走直线，那是驾驶的问题，你肯定喝酒了，酒驾。

玩笑归玩笑，为了弄明白机器人不走直线的真正原因，我们决定打开机器人的身体一探究竟。

虽然老吴说这些都是废品再利用，可是里面细致的东西太多了。原来老吴为了防止不当操作，延长机器人的使用寿命，在机器人的腿部加了一个连杆，机器人抬起腿走路时，连杆连通转弯传感器，机器人就能左右转动了。

吴玉禄：因为我把这传感器给断开了，怕它两腿落地的时候，一转给转坏了，因为两腿同时转的部分给掰了，怕它转不动，所以我必须让它抬起脚的时候立刻转。很多时候，很多细节我必须要考虑到。

因为记者在自己操控中，操控杆同时处于前行和拐弯状态，当机器人两脚落地的瞬间再使它转弯，这个时候是不起任何作用的。

为了测试一下拉洋车机器人的特性，我们请老吴带着它的拉洋车机器人在雪地上走走看。下雪路滑，吴老三十二能不能走好呢？

从雪地上的痕迹我们可以看到，拉洋车机器人在脚落地的瞬间似乎有点轻微向后滑动的瞬间，这又是怎么回事呢？

原来最初的拉洋车机器人，脚底只有弓形铁片，当机器人脚沉沉落地瞬间，人坐在车里都会有重重往前颠的感觉。

吴玉禄：这个脚一沾地，你想不动都不行，刹车似的，它有惯性一推，人坐车上很不舒服。

现在机器人脚落地的时候，人在车里也会稍微颠一下，可是相比较来说，老吴还是做了很大的努力将这个问题解决了。

吴玉禄：后来我加上这个小轮子，在走的时候，一沾地，小轮子其实就往前旋转半圈，就把这个力给破解了，缓冲了，所以人坐在上面就很舒服。

会按摩的机器人

轮子代替弓形铁片，齿轮卡住轮子让脚底不打滑，小小改变解决大问题。一次一次改动，使他的机器人性能更加完善。

李永刚：他在制作过程中，实际上既是一个设计者，又是一个技术的改进者，所以他在不停地总结前面的缺点，然后研究和想出新的解决问题的方法。

做一个机器人需要反反复复修改太辛苦劳累了，总是充满奇思妙想的老吴就想找个方法犒劳一下自己，他给自己做了一个机器人。为了感受实际效果，李老师决定亲自感受一番。

李永刚：根据我的感觉，捶背的机器人效果不会太理想，因为它不能用机械直接捶人的背，这样会造成人的损伤。

李老师对捶背机器人并不感兴趣，但是这也不影响老吴的兴趣爱好。这不看电视里宣传戒烟，老吴又自己动手制作了一个戒烟宣传员。我们看看它到底是如何宣传戒烟的吧。看起来简单的戒烟，做起来并不是那么容易，我们请老吴打开机器人的后盖看看。机器人的一根吸烟用的软管让我们触目惊心。

李永刚：他的戒烟机器人做得还是挺有特色的，又做了一个人从点烟开始到吸烟、烟灭这样一个过程。实际上这个过程是很难完成的，但是他通过机械、气动和其他一些方式完成这个工作，很拟人化，教育大家不要吸烟。

在一些热心人帮助下，现在吴师傅自己开了一个爱心学校，这个学校是专门教一些家庭比较困难，或者是身体有残疾的年轻人，来学他这门手艺，并且不收费，还给大家伙提供食宿，所以说，吴师傅人心也特别好，不过你想在这儿当学生，想留下来，还挺不容易的，为什么呢？您看见没有，这是吴师傅在1986年做的第一个可直立行走机器人作品，叫吴老大，它其实相对较为简单，因为就是一个电机驱动，然后采用曲轴连杆的方式，让这个小家伙可以一点一点往前走，吴师傅给想到他这个学校来读书的孩子们，出了这样一个题目，你要想在我这儿留下来，第一，先给我做一个吴老大。当然

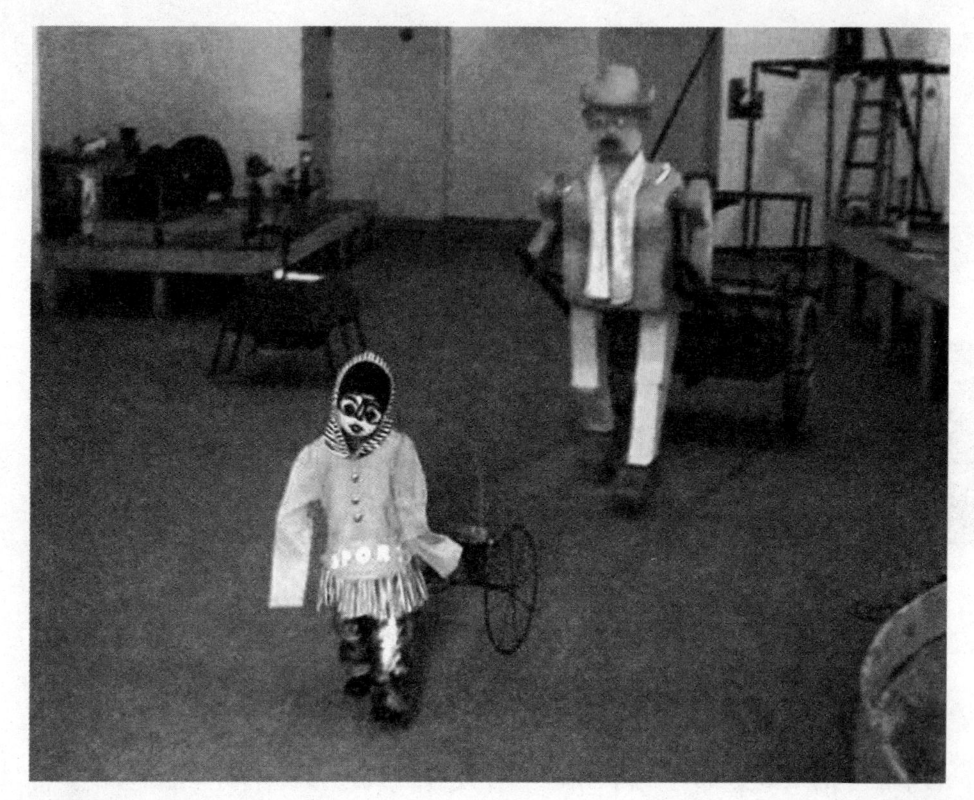

吴玉禄制作的机器人

人家也得因材施教，看看你是不是干这一行的。

吴老大是老吴1986年最初做的机器人，对老吴来说，吴老大是所有机器人制作的基础教材。

吴玉禄：我这些吴老大、吴老二……很适合初级教育，而且我是纯机械的。95%的机器人，各种复杂的动作，都靠一个电动机来完成。

常青是吴玉禄众多登门拜访拜师学艺的弟子之一，拜师第一件事就是让他自己动手做吴老大。年轻气盛的常青原本是希望能做一个比老师做得更好的机器人，可是事情的发展却完全出乎他的意料。

常青（弟子）：老倒，跟喝多了似的。

这回常青意识到，要做吴老大这个看似简单粗糙的小小机器人，真要动起手来，还真不容易。老吴在观察常青做的吴老大后，指出了一个说大不大、说小不小的问题。

常青：让我紧紧螺丝，否则就转不了了。

慢慢地找到规律了，也更加用心和认真，常青做的机器人终于能正常迈开腿走路了。

为了考验常青的机器人是不是真的那么能走，他们师徒决定开展一次竞赛，看看到底是吴师傅厉害，还是学生的性能更好，这个比赛，谁会赢呢？学生常青的心里一直憋着股劲儿。

常青：他是电池带的，我是用小电瓶，属于充电的电池，电量大点儿，肯定快。

果然，刚开始没走几步，常青的吴老大很快就把老吴的吴老大抛得远远的。可是没过多久，出现状况了，学生常青的吴老大竟然跑偏了。

常青：我感觉不应该跑偏，放桌上挺平的，怎么还跑偏了？

常青的吴老大不仅跑偏了，而且没走几步，又摔倒了。跟在后面慢慢悠悠走着的老吴的吴老大竟然不紧不慢地赶了上来，还跑到前面去了。看来还是吴师傅的机器人制作技术技胜一筹，这个比赛结果让常青很是沮丧。

吴玉禄：只要有一个角度不一样，尺度有点出入，它都会跑偏的。

通过这次比赛，常青彻底明白了在做机器人过程中，任何微小的偏差，都会导致难以找出的大麻烦，机器人吴老大虽然看起来很简单、很粗糙，但是要想让他走得又直又好，还真不是一件容易的事。

这次老吴提出要和学生常青的吴老大再比赛一次。这次他更换了比学生常青的吴老大的6V蓄电池更大的12V，这次比赛结果会怎样呢？

为了公平起见，老吴主动要求学生常青的吴老大往前80厘米的位置起步。比赛开始，果然装上新电池的吴师傅的吴老大给劲了许多，没几步就超过了学生常青的吴老大，常青的吴老大这时看起来就像喝醉酒似的有些晃悠了。

吴玉禄：这个东西快慢速度跟电压有关系。

比赛结束了，虽然这次比赛又输了，但常青心里还是觉得挺高兴，因为这个吴老大是他亲手制作出来的。

吴玉禄与儿子比赛

与儿子一起研究

而吴师傅通过比赛给他上的第一课让他印象深刻，制作机器人来不得半点马虎和急躁，而他的最大梦想就是能成为一个和老师一样的机器人专家。

吴师傅虽然只是一个民间机器人痴迷爱好者，但是后继有人，他现在制作新一代机器人，会爬楼梯，而且包含有电脑、传感器、芯片这一类东西，吴师傅终于给自己的机器人装上电脑了，这一下它真的是绝对意义上的机器人了。希望吴师傅今后能够教出更多学生，希望更多孩子在这里，能学到一些真正实用的东西，也希望我们民间的一些爱好者，都能像吴师傅这样，搞出名气，搞出名堂来。

（刘　菡）

北极来客

CCTV10
中央电视台

早产两个月的龙凤胎北极熊天生体弱，为何一出生又遭到了亲生母亲的遗弃？在经历艰难的守候和惊心动魄的抢救后，它们能否闯过生死考验？

2011年1月7日，凌晨1点左右，老虎滩海洋公园极地馆的值班饲养员发现还没到预产期的北极熊，显得烦躁不安。这不禁让经验丰富的饲养员捏了一把汗。

怀孕的母熊名叫艾达，它与公熊亚伯是2001年从芬兰国家公园来到大连老虎滩极地馆的。2008年，艾达生下了它的第一个孩子淘淘。有了一次生产经验的艾达，按理说应该耐心等待小生命的降临，但是，为什么在离预产期还有两个月的时候，竟然如此躁动不安呢？

董廷智（极地馆饲养员）：熊的体积大，身子粗，皮毛又厚，从外观上是看不出来是否怀孕。我们也不敢靠近它，只有用眼睛看，用大脑分析，一天天观察它，看它的症状怎么样，食欲如何。

野外的北极熊，怀孕的周期一般在8个月到10个月之间，临近产期的母熊，往往会在雪洞里待产。可是，艾达怀孕周期才只有6个月，为什么会出现临产症状呢？

李黎（极地馆饲养员）：我们每天看它吃饭、观察它的活动看有没有异常表现。假如它要是有疾病，患疾病

老虎滩海洋公园极地馆

距离预产期还有两个月的母北极熊

的反应和怀孕的反应是不一样的。我听说过别的馆有5个半月、6个月生产的北极熊。

面对这种情况，饲养员立即通知相关专家，做好接生的各种准备。时间在一分一秒地过去，艾达焦躁的情绪没有丝毫减退。由于饲养员没有办法对北极熊进行产前检查，所以他们只能静静守在笼子边等待着小北极熊的降生。

在野外生活的北极熊，也会出现早产情况。早产儿因为自身不够强壮，出生后不久往往都会夭折。眼前这只即将生产的北极熊，它和孩子命运又将会怎样呢？

生长在人工环境中的北极熊，从它们出生的那一天起，就享受衣来伸手、饭来张口的舒适生活。然而，在这一切的背后却隐藏着配种难、受孕难、人工饲养难三大难关。

郝家栋（极地馆工作人员）：如果北极熊不是在正常的季节进行交配，我们就要考虑是不是在环境营造方面出现了问题，因为北极熊可能不适宜在人工建造的环境中生活。

馆内人员不断尝试着为北极熊夫妇营造合适的温度、湿度、水温，给它们做最好的营养配比，模拟出一个像自然环境下的生存状态，希望它们可以有自然地交配。

2008年，在饲养员的帮助下，艾达顺利产下第一只小北极熊淘淘。

淘淘的诞生也让饲养员有了很多经验，比如说在淘淘降生之初的时候，工作人员没有想到母熊会出现弃子的行为。当时是工作人员把它们放在一个大的围笼里头，虽然母熊出现了弃子行为，但当人们试图进去要给淘淘检查身体的时候，它却不让人去接触自己的小宝贝儿。当它一旦发现有人走近的时候，它就会把淘淘叼起来反复甩，然后扔到地上。这种行为是不正常的，可也给工作人员提了一个醒，再有小北极熊出生的话，一定要和母熊有一定的分隔，否则，很有可能会出现意外。

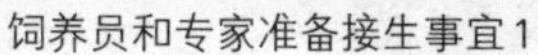

饲养员和专家准备接生事宜1

饲养员和专家准备接生事宜2

北极熊饲料

2010年母熊艾达再次怀孕，饲养员有了第一次经验，认为艾达这次生产一定很顺利。然而，让所有人没有想到的是艾达竟然出现早产的异常现象。

经过漫长的等待，在凌晨4时30分，小北极熊顺利降生。

史红霞(极地馆工作人员)：生产以后，它表现得还是比较安静的，能够舔食小北极熊，自行咬断小北极熊的脐带，然后将它搂在怀里给它保温取暖。当时我们觉得如果顺利为小熊喂上初乳的话，也许可以是一个母体哺育小熊的征兆。

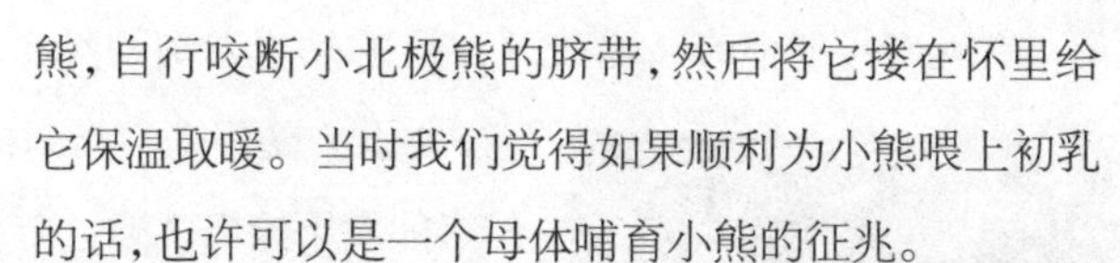

看着母熊慈爱的样子，饲养员们悬着的心放了下来，然而，4个小时后，母熊不但不给小熊喂奶，甚至再次表现出了烦躁情绪。

史红霞：我们首先要确定它是完全弃养了，而不是因为受到人为干扰，或者是公北极熊的干扰暂时离开了小北极熊。

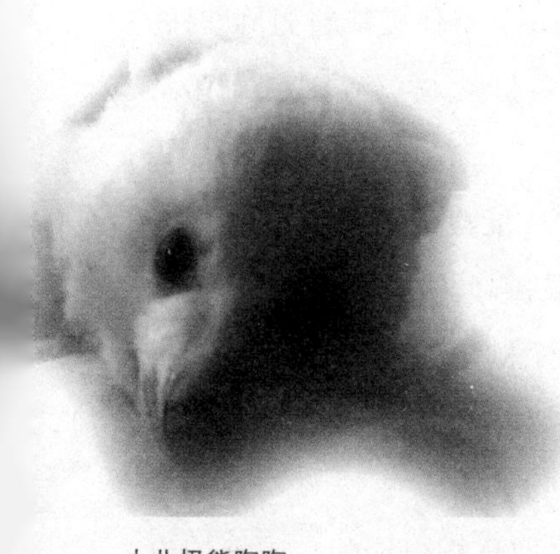

小北极熊陶陶

早在2008年，母熊艾达曾产下一对双胞胎，可毫无生产经验的艾达，在生产后不久，竟然将其中的一只压死了，另一只被饲养员救出，幸运活了下来，也就是现在的淘淘。这一次，弃养的状况再度发生了。

史红霞：当时我们观察小北极熊的状态，体征比较弱，活动力相对较弱，叫声也逐渐变弱，而且它裸露的皮肤，像鼻子、嘴、口腔和四肢的颜色有点发青。

在场的饲养员和专家非常焦急，如果再不尽快将小北极熊从笼舍中抱出来，小北极熊就很难存活了。然而，在担心的同时，饲养员的内心不免产生了一个疑惑。为什么两次生产之后，母熊都遗弃了自己的孩子呢？

公北极熊和母北极熊

在野外，因为受生存环境的影响，北极熊往往根据幼崽的叫声和各种行为来判断它是否健康。一旦发现有不健康的孩子，它就有可能遗弃或者咬死自己的幼崽。刚刚降生的小熊身体极其虚弱，此时的它，会不会受到来自母亲的威胁呢？饲养员决定冒险从母熊熊掌下抢出小熊。

野外大北极熊和小北极熊

李黎：不能再拖了，再拖可能就有危险。

北极熊天生攻击性就很强，此时，刚刚生产完的艾达表现得特别烦躁不安。对人的警惕性特别高，如果饲养员过度干扰，可能它会对小北极熊产生一定的攻击性。

大家商量之后，决定采取食物引诱配合隔笼的方

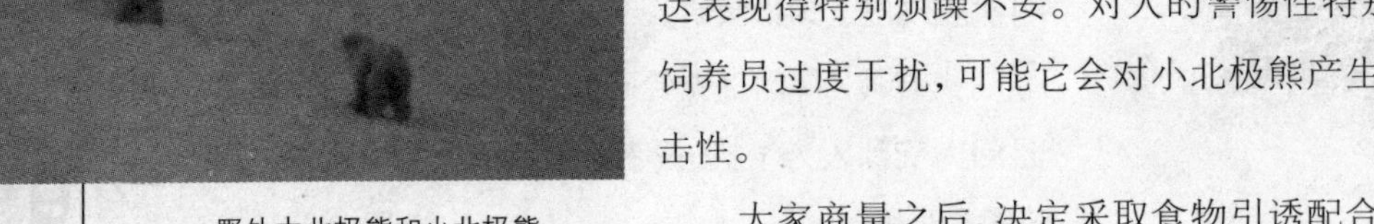

式，将艾达和小北极熊分开，然后再将小北极熊取出来。此时的小熊显得那么虚弱，这不得不让饲养员们担心，小熊能活吗？

史红霞：如果不进行人工饲幼，将会给小北极熊带来生命危险，在这种情况下，我们决定进行人工哺育。

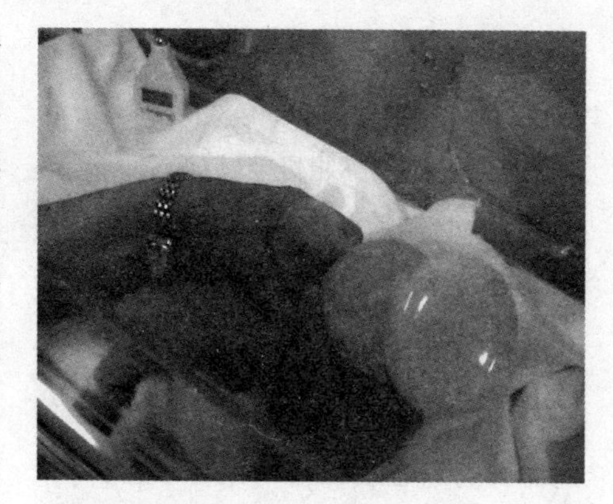

饲养员给刚出生的小北极熊喂奶

然而，在第一只小熊产下几个小时后，他们发现刚刚生产完的艾达，又表现出临产前的状态。这时，饲养员们突然想到了一件非常重要的事情。母熊生产之后，他们一直没有见到胎盘。难道说母熊的腹中还有一个胎儿吗？

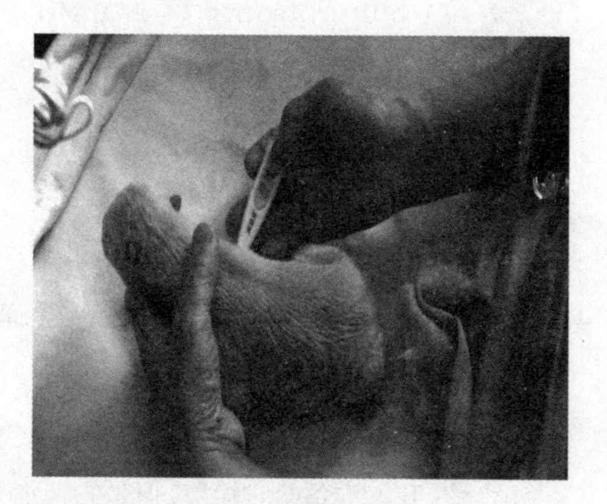

饲养员给刚出生的小北极熊量体温

几个小时过去了，饲养员已经为第一只小北极熊清洗过了身体，并且进行了体重测量等工作，但第二只小熊却迟迟没有降生，现场的工作人员十分着急。难道是大家判断错误了吗？

经历了漫长的等待，在第一只小北极熊出生13个小时后，它的妹妹降生了。然而，饲养员们接下来将面临更加严峻的挑战。

饲养员面临的第一个难关就是喂奶，由于没有北极熊专用的奶粉，饲养员们想尽各种办法，甚至都想到了用牛初乳，最后考虑到小北极熊的肠胃实在很脆弱，这些方法都被放弃了。最后，他们专门配比了适合小熊吃的奶粉来喂养，而另一方

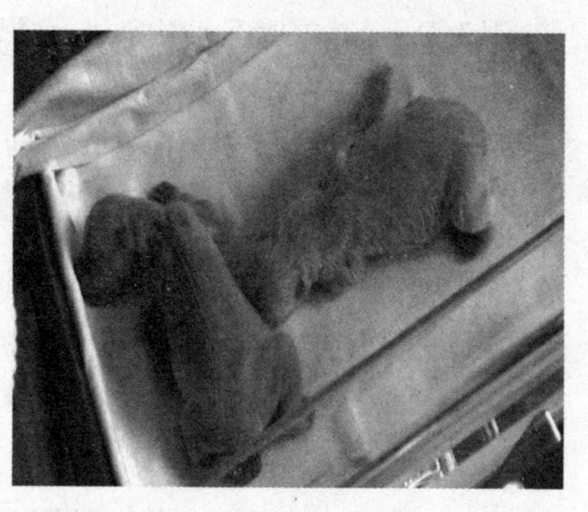

暖箱里的两只小北极熊

面，饲养员如果掌握不好喂奶的速度及手法，就很容易伤害到小熊。

李黎：如果小北极熊呛奶，情况就危险了。当时我特别紧张，帮小熊一滴一滴地喂奶，生怕呛到了它，等喂完以后，手上都是汗。

因为两只小熊太小，离不开人，三位饲养员妈妈必须24小时陪伴观察，每个人每天休息的时间平均不超过两小时。

就在小熊出生后的第5天，当大家认为小熊已经脱离生命危险时，一件意想不到的事情发生了。

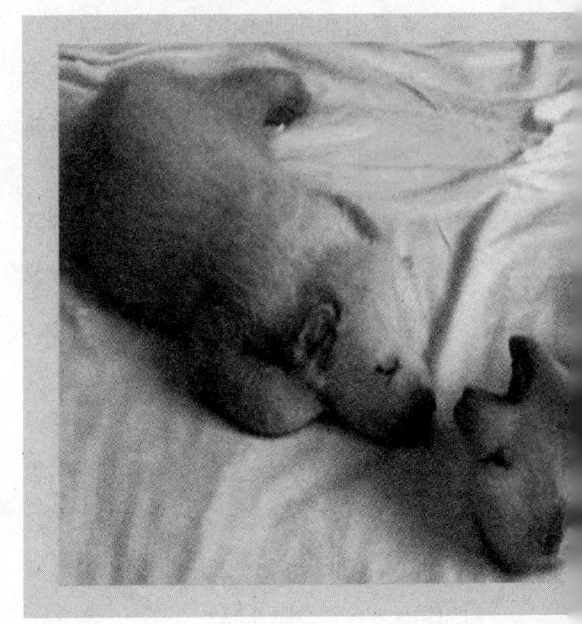

小北极熊

李黎：小熊一直在叫，叫了几个小时以后就不叫了，然后才睡觉。

小北极熊出生以后，饲养员们主要是通过体温和呼吸检测，来判断它身体是否有异常。然而，今天饲养员却发现其中的一只小熊，身体的体温正在逐步下降。面对这突如其来的变化，饲养员们急得像热锅上的蚂蚁。

李黎：我们准备给它输液，但是它特别小，打上针后血倒着流，打不进去。

血液出现了倒流情况，这就说明小熊的体温已经非常低了，当时人们特别紧张，因为对于正常的哺乳动物来讲，体温应该是在36摄氏度到37摄氏度之间，体温下降到35摄氏度以下，就证明是生命垂危的征兆了。因为没有相关的病例资料来判断小北极熊到底是身体的哪一方面出现了问题，极地馆立刻组织了医疗小组开会研究。

史红霞：当时几乎面临绝境，我们查阅过一个关于婴儿早产资料，如果把早产的婴儿放在父亲的怀内以后，可以提高它的成活率。

在这种情况下，李黎阿姨毫不犹豫就将小北极熊放在了胸前，然后盖上衣服，为它保暖，同时也为小北极熊进行输氧。

两个小时后，一直将小熊抱在怀里的李黎阿姨，意外地发现小熊动了。

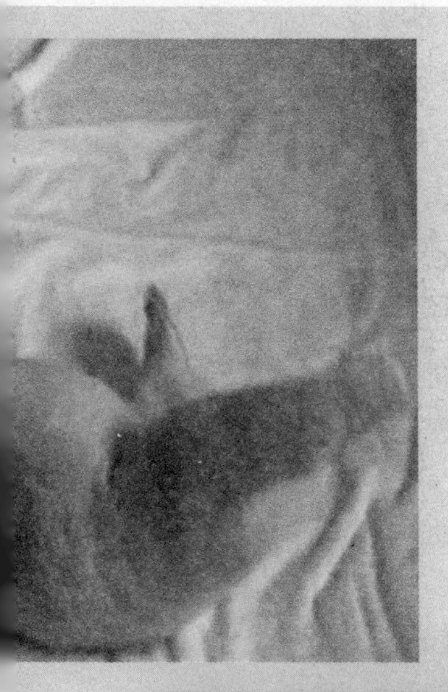

李黎：我感觉我的肚子有热乎乎的东西往下流。当时我就想，人要不行的时候，就会把肚子里的尿、便都排出来，想到这里，我就开始哭了。

李阿姨想到三位饲养员这些天与小熊朝夕相处，那种感觉就像是拉扯自己的孩子，难道说没就没了么？这时，怀里的小熊似乎挣扎得更厉害了。

李黎：后来我突然清醒，因为它在我怀里排便的时候，不停地挠，想往外走。

史红霞：当时特别惊喜，觉得小北极熊有活的希望了。

饲养员用自己的体温挽救回了熊宝宝的生命，经过饲养员一百多天的精心饲养，两只小北极熊健康地长大了。

两只小北极熊

从刚睁开眼的懵懂，到蹒跚学步的笨拙，再到现在的每一次撒娇，那种感觉，就像是看着自己的孩子一天天的长大，心里有一种说不出的欣慰。

史红霞：我们经历了小北极熊从生命垂危到健康成长的全过程，一方面是觉得对生命的过程有个新的认识了，另一方面和小北极熊建立了很深的亲情，虽然自己没有小孩，但是感觉有一个哺育小孩的全过程，像自己有小孩一样，如果间隔一夜不看它，就感觉特别想念。

如今两个小家伙在饲养员妈妈的精心照顾之下，已经长到了五十多斤，对什么东西都好奇，看到摄像机都要扑上去咬咬镜头。对于现在的小熊来说，生命的挑战还在继续，还需要饲养员24小时寸步不离地跟着。

史红霞：小北极熊出生的第二道难关就是换食，因为国内外有很多相关资料报道过，小北极熊前期生长很顺利，但是换食过程中有可能会发生死亡。

北极熊在成长到3个月的时候，就要经历换食的阶段，换食就是从北极熊比较幼小阶段食用的液体奶，逐步改变成流食，最后改变成固体的食物的过程，通过这个过程，小熊的消化系统才能逐步适应人工配置的饲料。

郝家栋：小北极熊也出现过腹泻，这是这个阶段最容易出现的情况。我们一方面在饵料上及时地调整，另一方面增加一定的药物治疗。

于是，饲养员减缓了换食的速度，并改为添加辅食，经过饲养员的精心看护之后，小北极熊的异常现象消失了。

史红霞：现在基本上到了换食的中期，从两只小北极熊的生长状况、进食状况以及排泄状况来看，两只小北极熊适应性还算是不错的，现在的换食也算是较顺利的。

当然，除了在食物上严格要求外，体能上的训练也是必不可少的。每天早上7点，饲养员妈妈都会带着两只小熊出来遛遛。现在它们正是淘气的时候，看见什么都好奇，哪里都想去，好几次差点把饲养员妈妈拽个跟头。

运动完之后，两只小家伙又该洗澡了。洗澡可是个大工程，小家伙每次都是只顾着玩水打架，根本不配合饲养员妈妈的清洁工作，这个时候，你过度干预它，它还会像小孩发脾气一样不高兴。

经过生命的重重考验之后，现在，这两只小家伙健康地成长着，不久，它们就要和游人见面了。

（崔龙丫）

牛王争霸

CCTV10 中央电视台

擎天柱归来

一头曾经横扫西南三省的云南牛王，因为一次意外败在了一头贵州小牛的手下。如今，它和主人精心准备，再次来到贵州，只为报一年前的一箭之仇。

2010年国庆，在贵州省贵阳市一场云集西南各地名牛的民族斗牛大赛即将进行。在比赛的前几天，来自云南、贵州、广西的各地牛主们，陆续将他们的斗牛运到了场地附近。随着参赛斗牛到来的还有各地热衷斗牛比赛的爱好者。他们都在议论着刚刚抵达的一头名叫“擎天柱”的云南公牛。

斗牛的价值为什么和普通的牛有这么大的差距呢？在我国西南地区，斗牛的习俗其实由来已久。

获得斗牛比赛的名次是一个寨子的荣光

牛的形象至今仍是一个醒目的民族文化符号。在几千年的时间里，西南地区的人们在农耕生产中和牛结下了非常亲密的关系。牛勇敢、坚韧的性情为当地少数民族所推崇；在苗族村寨，如果自己的斗牛在比赛中获胜，那是一项至高无上的荣誉。为了庆祝斗牛胜利而举行的村宴能持续两到三天。即使是今天，这样的场面在西南苗族村寨里仍不鲜见。

彭金超（贵阳民族斗牛大赛组委会秘书长）：牛与农

获得冠军的斗牛村寨要杀猪摆宴

被擎天柱当场撞休克的牛

这样的景象是苗寨中最常见的

没有上场的水牛看起来很温和

耕文化有很大关系。因为我们是农耕文明，需要水牛为我们服务、犁田。以前的几千年养牛是用于耕田，现在斗牛，斗出来的好牛四乡八邻都会叫它来配种，牛的优良品种就会延续下去。

赵广永（中国农业大学动物科技学院教授）：从生物学上来说，动物进化过程中存在自然选择，比如说两头牛，一头比较强壮、一头比较瘦弱，肯定强壮一只能够在繁殖期和母牛进行配种，这样才会使生下来的后代更加强壮。

牛尾末端呈莲花状散开，是好斗牛的特征

擎天柱的可能对手–曾经击败擎天柱的小牛

西南地区气候多湿，斗牛通常是这里常见的水牛。公水牛成年后，对人性情一般都非常驯顺，但是对其他公牛，却非常具有攻击性。相传苗族的祖先蚩尤就是骑着水牛征战的，甚至他本身就被描绘成牛头的形象。

在西南地区，擎天柱的出名并不仅仅是它的价格，还因为它是一头优秀的碰牛。所谓碰牛，就是出场以强势碰撞震慑对手的一种战术。2009年擎天柱在一场比赛中，它凶狠的撞击直接让对手倒地昏厥，经过众人的不断努力，这头牛才被救了回来。

潘勇瑞（贵州省黔东南州斗牛协会常务理事）：擎天柱是典型的碰牛，它去年连续碰死两头贵州牛，名声大震。

只要是见过擎天柱比赛的人，都对这头牛的印象异常深刻。在同一场比赛中，擎天柱在冲刺中用力过猛，竟然把自己的身体甩了出来，在空中翻了一个跟头。这种气势让对手丝毫不敢恋战。

擎天柱体重大约1 100千克，和本地普通的农耕水牛相比，这已经算是非常巨大的体型了。

赵广永（中国农业大学动物科技学院教授）：国内的水牛，如果没有进行杂交改良的话，成年牛大约只有350~360千克，公牛可能要重一些，母牛要稍微轻一点。

水牛一般有20至30年的寿命。擎天柱今年11岁，大约相当于人30岁出头的年纪，正值壮年。3年的时间里，它已经十多次夺取牛王宝座。这其中，它天生骁勇好斗的性格是主要原因。

这次来贵阳参加重量级的比赛，擎天柱如果问鼎牛王宝座，就能获得高达6万元的奖金。但是，这次夺冠却不会那么简单。因为让它吃过败仗的一头贵州牛王也参加了这次比赛。那么，能把擎天柱打败的是一头什么样的牛呢？

那头击败过擎天柱的贵州牛的主人叫陈荣明，外号陈老三，对他身形庞大的斗牛，陈荣明充满爱惜地称它为“小牛”。说到自己的牛，陈老三眉飞色舞，浑身是劲。

陈荣明：这头牛才10岁，还是小孩呢，这牛的尾根是一坨刺，世界上其他牛都没有的，是中国牛独一无二的。

说到一年前自己的牛和云南擎天柱的那次交战，陈荣明充满了自豪。

陈荣明：擎天柱跟贵州牛交手一两分钟，它跑都跑不赢，会打不会打，看一下就知道。擎天柱曾经是它的手下败将。

陈荣明所说的是一年前在贵州凯里举行的一场重量级比赛。还在决赛之前的两轮，陈荣明的13号小牛和5号牛擎天柱就相遇了。因为擎天柱是一头凶狠的碰牛，陈荣明特意为自己的牛进行了保护，他在牛头上绑了一个稻草编成的草墩。

云南牛王擎天柱一出场就亮出了它的必杀技，强力碰撞。小牛的安全帽被当场撞飞。然而，陈荣明的13号小牛并没有就此退却。比赛在2分钟过后，形势却出现了逆转，著名的牛王——5号牛擎天柱突然放弃了战斗，掉头逃跑。这是擎天柱在贵州首次战败，而陈荣明的小牛却一路高奏凯歌，直至摘得了牛王的桂冠。

对于这场失利，云南的斗牛士也是负责训练擎天柱的杨龙一直耿耿于怀。他认为，陈荣明小牛头上的安全帽才是擎天柱失败的主要原因。

杨龙（云南省斗牛士）：我们从云南到凯里有一千多千米的路程，到了凯里只休息了两天，牛的体力还没有来得及恢复。赛场上又垫了草墩，让擎天柱没有了重心，自己把自己搞倒了。

再爬起来斗的时候脖子的筋好像被扭了。

擎天柱的失败让主人石有平和杨龙想了很多，他们认为，擎天柱那次比赛仓促应战是一个原因，还有一个原因是擎天柱的体型相比贵州陈荣明的小牛还显得有点单薄，他们应该学习贵州喂牛的经验。

在西南地区，云南、贵州的牛各有自己的特点。一般来说，云南斗牛的体型骨架相对较大，在冲撞中占优势；贵州的斗牛历史悠久，这里喂牛的经验最为丰富，他们的牛大都膘肥体壮，抗冲击能力很强。

杨龙：吸收了贵州的经验，他们喂牛的时候什么都喂，只要人吃的，牛也一样可以吃。而我们只用一点苞谷面，或是草来喂，从来没有喂过鸡蛋、腊肉。我们要吸取教训，每天喂20个鸡蛋，大概5两左右的猪油。3个月后，牛就长得膘肥体壮。

决战的时刻即将来临。

比赛的前一天傍晚，贵阳下起了雨，场地变得非常泥泞。这让本来非常自信的杨龙开始担心起来。

杨龙：斗牛场一下雨，场上的泥变得很稀，牛脚会全部陷进去，没办法跑起来。

杨龙深知擎天柱的秉性和弱点，它最大的优势就是出场强势的冲撞，然后在短时间内进行连续进攻解决战斗，如果此法不能奏效，时间越长，擎天柱的胜算越小。输给小牛的那场比赛就是这种情况。

杨龙：当它发挥出水平的时候，如果对方还不跑的话，它肯定会跑掉，因为它特别聪明。如果它感觉到对方要跑它就会继续打，如果对方还是死缠烂打，它就有可能跑掉。

然而就在比赛即将开始前，一个新的问题加重了杨龙的担忧。参赛的牛主对比赛规则发生了争执，争论的焦点是让不让牛佩戴草垫，进行防护。

杨龙知道，本来就泥泞的场地，如果贵州的牛，尤其是陈荣明的小牛戴上草垫，擎天柱将会丧失主要优势。

彭金超（贵阳民族斗牛大赛组委会）秘书长：那天晚上讨论到12点，因为擎天柱在云贵地区是名牛，曾经打死3头牛，而且碰废了十多头牛。一旦被擎天柱碰一下，这头牛基本上就废了，有些再也不能参加斗牛比赛了。

最终，在大赛组织方的协商下，大家的意见终于达成一致，那就是贵州牛不戴草垫，但是碰牛，尤其是擎天柱冲刺距离要从50米缩短到30米。这样在保证比赛观赏性的同时，又不至于让牛受到致命冲撞。

在贵州的失败让擎天柱的主人一直铭记在心。在这场云集西南三省名牛的对抗赛中，擎天柱能保持最佳的竞技状态吗？陈荣明和他的小牛是否能再次终结擎天柱

赛场边的牛舍，同时也是一个星期内牛主吃住的地方

的传奇呢？

第一轮比赛就要开始，观众已经提前一个多小时入场，他们在期待擎天柱的精彩表现，更是在等待小牛和擎天柱这一对冤家之间的对决。

在第一轮抽签的8个组合中，擎天柱和小牛并没有碰面。

在全场的欢呼声中，擎天柱第一次出场，由于精心喂养，它的步态稳健，充满自信。

擎天柱的第一轮胜利几乎不费吹灰之力，对手潦草接了几招之后，就夺路而逃。

随后出场的是陈荣明的5号小牛，陈荣明知道，不出意外，擎天柱是小牛夺冠的主要对手，但是他必须先扫清决赛之前的重重障碍，第一轮他必须要拿下。小牛这一轮的对手是来自贵州玉屏的30号牛，也曾在当地夺得过冠军。它的打法和陈荣明的小牛相近，都属于耐力型选手。这几乎就是一场胶着的战斗。

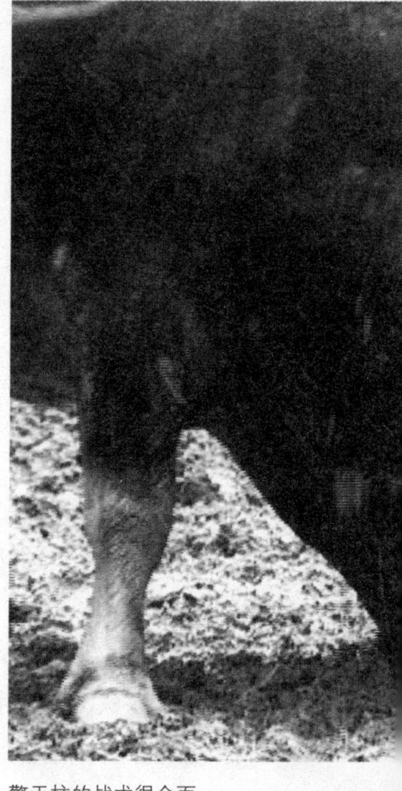
擎天柱的战术很全面

两分钟过去了，如果小牛再不能速战速决，结果将很难预料。

一边的陈荣明已经感到不安，此时双方拉锯已经进行到了第5分钟。

这时，陈荣明担心的事果然发生了！小牛抵挡不住，首先放弃了战斗！陈荣明的小牛在第一轮就败下阵来，从而丧失了和擎天柱一决高下的机会。但是这就是斗牛，它的结果充满偶然性，人永远无法完全控制牛在场上的状态。

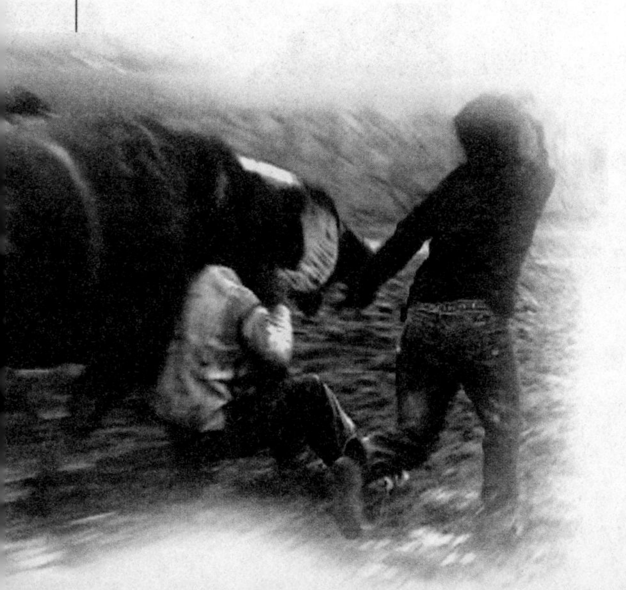
余怒未消的擎天柱

而此时，擎天柱则在逐渐进入最佳竞技状态。第一轮中没有表现出来的冲撞开始发挥出威力。

这一次对手几乎是望风而逃。

接下来的第三轮，擎天柱的斗性已完全被激发出来，对手在被撞倒后又被擎天柱接连顶翻！

58号的回马枪虽然显示了不愿服输的斗志，但已经无济于事，这反而彻底激怒了擎天柱，尽管胜负已分，擎天柱仍然余怒未消！

至此，擎天柱已经在场上率先进入决赛！

决战的时刻就要到来了，这一仗事关擎天柱的牛王荣誉！从一年前在贵州凯里失利到现在，这是它的首次回归！

巧合的是，和擎天柱决战的6号牛也来自贵州凯里。

擎天柱依然是以冲刺出场，但是，6号牛经受住了撞击。闯进决赛的6号牛也曾在贵州凯里夺得过牛王称号，这是一头喜欢挑击对手的牛，而且善于缠斗。这种战术将擎天柱拖入了相持阶段。场面也一时分不出高下。

时间很快就到了3分钟。此时杨龙开始焦急起来，他知道，这个时间对擎天柱是一个界限，他开始示意擎天柱加大进攻力度。

擎天柱似乎领会了主人的意图，它将对手顶了起来，但是6号牛还是没有退却。

杨龙知道最关键的时候到了，擎天柱如果这时候丧失斗志，就再也没有机会了。

他再次走上前去给擎天柱加油鼓劲，终于，6号牛再也吃不住擎天柱的攻击，首先撤出了战斗！

在将近一年之后，擎天柱终于在贵州重回牛王的宝座，虽然这不是一场速战速决的胜利，但对擎天柱更为宝贵，这证明了它不仅在碰撞上能震慑对手，在相持上也显示出了一头牛王的素质。

杨龙：以往的擎天柱会追着顶，但是它顶不倒对手就会直接退开，但它一旦顶到里面是不会退缩，直接把对手的喉咙锁住，让它喘不过来气。我心里还是没底，因为斗牛场上长江后浪推前浪，总会有新的牛王出现。

擎天柱总算是获胜了，彻底地洗刷了上一回的耻辱。但是，赛场上没有永恒的冠军，尤其是这种双方进行角力的比赛，往往年轻者可能第一轮经验不足被淘汰，但当它到达壮年的时候，也许就会成为一个不可一世的冠军。可是，当它成为冠军的时候，曾经是手下败将的这些小牛们，也许就会很快崛起。

151传奇

一头是名不见经传的小牛，紧凑的身躯，却总能爆发出惊人能量；一头是身形庞大的年轻公牛，年仅4岁，体重就堪比大象。通向牛王宝座的路上，谁能走得更远？

2010年10月5日，在贵州省贵阳市市郊，一场斗牛比赛正在紧张地进行着，参赛的斗牛全部是8岁以下的小牛。

潘勇瑞（贵州省黔东南州斗牛协会常务理事）：初生牛犊不怕虎，它打起来就是拼命地打，非常卖力。

此时，全场的观众都在期待一个重量级主角——一头年仅4岁，但却身形巨大的超级小牛，它1 600千克的体重足足超出参赛小牛平均体重700千克，它的名字叫“大象”，它一出现就引起了众人的围观。在了解斗牛的人眼里，年纪这么小却如此巨大的牛他们从来也没有见过。

参战的均是贵州各地斗牛的优秀代表

杨昌登（贵州省铜仁地区牛主）：这是参赛的牛里最年轻的一个，相当于人4岁到5岁的年龄。重量第一，身高也是第一。

据老杨说，大象身上有外来品种的基因，这让它的体型远超本地品种。

赵广永（中国农业大学动物科技学院教授）：1 500千克重的牛应该是非常大的了，水牛的平均体重不会有那么重。国内的本地水牛，如果没有进行杂交改良的话，成年牛大约只有350到360千克左右，公牛可能要重一些，母牛要稍微轻一点。

尽管大象是杂交水牛，但是老杨对它夺冠的实力却是非常自信。

杨昌登：它跟小牛组的牛比肯定是冠军。

大象的首轮出场时，它的对手是一头白牛，在和大象短暂接角之后就夺路而逃。

尽管这一轮轻松取胜，但是老杨心里知道，大象还有一个非常危险的对手，此时正在场外准备出场，如果大象第二轮和它遭遇，胜败将难以预料。

151第一次出场

一头来自贵州黄平，编号为151的斗牛乍看起来比大象小了很多。和大象1.6吨的体重相比，151只有1吨出头，而且它的性格也看似非常温顺。这头牛的功夫真有老杨说得那么厉害吗？

田兴华（贵州省黄屏县牛主）：这个牛最乖了，人骑在上面都没事。

原本以为这头牛的上场编号是151号，但是牛主老田说，他给牛起的名字就是151。

田兴华：我以前开车，车牌是这个号，我电话号码也是这个号，后来就觉得这个号很方便，念起来很顺口，就给它起名叫151。

据牛主老田说，151最有杀伤力的武器就是那对形似弯月的牛角。

斗牛的习俗在中国西南地区由来已久，不管是在远古传说，还是现实的农耕生产中，几千年来水牛和人的关系非常密切。斗牛一方面能最大限度地筛选优秀水牛的基因，有利于农耕生产；另一方面水牛勇敢，坚韧的性情也与西南少数民族的品格相契合。

151的牛角有何神奇之处，让老田如此自信，同时又让老杨替大象感到担心呢？

这是151的第一轮出场。

在随后的交战中，151的牛角开始显露威力，原来这是一头善于攻击对手眼睛的牛。

潘勇瑞：眼睛是动物身体最疼的部位，很多牛只要碰到眼睛就跑了。

在很短的时间里，91号的眼睛被151扫到了好几次。

但是91号牛也不愧是牛王，它伸出了右腿，扫到了151的前腿！但是151的斗志显然非常旺盛，它并没有让91号得手。

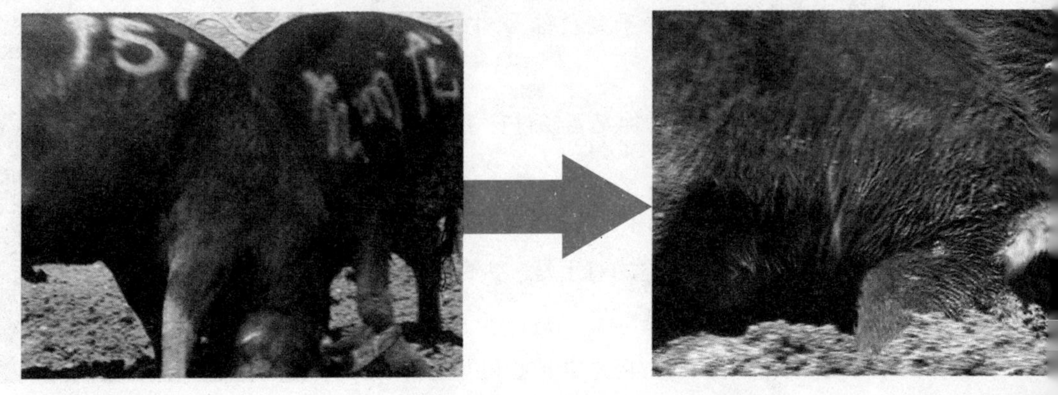

151在相持中寻找机会

斗牛血腥的一面

潘勇瑞：151的绝技最大的秘密在于它的两只角的宽度，在斗牛中，攻击眼睛的牛，角尖间距多在50厘米上下，而151角尖间距足有66厘米。

田兴华：宽角抠眼睛和窄角抠眼睛不相同的，宽角如果被压下去的话，左右可以摆得开，窄角摆不开，所以宽角打法的牛是很难找的。

不仅如此，151两只角的弧度适中，形似两轮弯月，在角的末端都往回收，这样配合角的宽度，左右摆动起来非常容易得手。此时，两头牛在场上已经对阵了5分钟。

尽管91号非常顽强，但在被151第11次碰到眼睛后，它再也坚持不住，败下阵来。

贵州悠久的斗牛历史，让当地人积累了丰富的选牛经验，懂行的人光从牛的外貌、长相上就能辨认出一头牛是否有优秀的潜质。

潘勇瑞：这头牛的眼睛长得小，圆，黑，特别是眼皮，上眼皮和下眼皮都是鼓的，说明这头牛生性非常好斗，非常凶猛，就像张飞浓眉鼓眼，生性好斗。

但是151却是一个例外，因为它的外貌一点都不凶狠，看起来简直像一头母牛。

老田说，就是这头看起来像母牛的151，在4岁的时候竟然和一头11岁的老牛拼过一架。

田兴华：这头牛在小牛的时候和一头老牛打过38分钟架。老牛把它抠了两下翻在地下，它把那头老牛抠了一下就翻在地下。

151虽然牛脾气暴躁，但是却非常听老田的话。

田兴华：一般的牛没有这头牛聪明，有一次它在水库里面洗澡，它在那里游久了我叫它过来，我把绳子甩在水里面，我也不想下水，就让它过来，它就很听话地

两头斗牛都不愿意让对方抢底

过来了。

151对牛凶猛、对主人驯顺的性格让老田觉得，这是一头值得调教的斗牛。为此，他开始从耐力上对151进行训练。在西南地区，水牛的主要作用是为农耕出力，即使是待遇优厚的斗牛，耐力这种基础技能也绝不能放弃，因为在斗牛中，耐力比拼非常重要。

赵广永：要充分利用它的役用价值，因为传统上我们饲养水牛的目的是为了耕水田，拉车子。利用它的这些特点帮助人来进行劳动，所以说大家在长期的选择中就考虑到了这些特点。

田兴华：我自己有块很大的农田，我就钉了一个架架，搞了几担泥巴甩在它的背

斗牛都是水牛，水是水牛的最爱

上，再用犁田的工具把泥巴吊好，让它拉个四五百斤。

针对151擅长用牛角的技术特点，老田和他的助手也在积极强化对151颈部肌肉的训练，以便151在面对体型庞大的对手时能够从容面对。从赛前的3个月到开赛，这样的训练一直没有停止。

场上的比赛已经进行到了第二轮。151第一轮的精彩表现让赛场气氛顿时活跃起来，很多人都在期待，151如果和大象遭遇，会出现怎样的局面？

29号大象再次出场，它面对的是来自广西的88号牛。在第一轮角逐中几乎不费吹灰之力就轻松获胜的大象，是否会延续它的战绩呢？

大象的出场并没有显示出高昂的斗志，它没有像老杨希望的那样向对手冲刺。这头年龄最小的牛，它巨大的体型在接触中似乎并没有占到优势，反而显得有点笨重。

看台上的杨昌登开始担心起来，就在这时，老杨不愿意看到的场面发生了。仅仅一分多钟，观众期望很高的大象，竟然掉头逃跑了。

151即将第二轮出场。对151这样的斗牛，为了防止牛主私下把牛角磨尖，入场前工作人员都要把牛角尖再锉一下。

潘勇瑞：牛角太尖了会给对方的牛太大的杀伤力，因为牛是很值钱的，现在一头牛都卖到一二十万了，牛算得上是老百姓家里面最值钱的东西了。

151的斗志显然很高，主人都拦不住它。它扎实地撞向了对手，随之又是一轮凶狠的进攻！！

抢底是挑击战术的关键

来自云南的9号牛，也是一头擅长挑击对手的斗牛，这是一场打法相近的比赛。

对于这种打法的牛来说，谁能抢到下面的位置就会占得先机，处于上方的牛反而会很被动。151正是这样一头善于抢占有利位置的牛。

田兴华：它的角太平、太宽了，在地下是压不住它的，压它一下，它往左右摆一下。等那只牛压累了，只要一抬头就被它挑住了。

不仅如此，151每次挑倒对手都显得从容不迫。

云南9号牛在第10次中招之后，终于抵挡不住撤出了战斗。凶狠的进攻战胜了顽强的抵抗。

此时天色已晚，但是接下来进行的半决赛将会更加激烈。老田开始担心151的体能是否还能支撑后面的比赛。

要将僵持的两头牛拉开，需要大量人力

天已经完全黑下来了。151第三轮出场了，它的表现让老田的担心一扫而光。

151号强劲的体能，让它非常轻松地横扫对手，率先进入了决赛。

时间已经是晚上8点。面对马上要进行的决赛，老田必须抓紧时间做一件非常重要的事情，给151降温。虽然夜晚气温已经很低，但水牛在打斗时，力量的爆发会在体内迅速积累大量的热量。对于怕热的水牛来说，如果不采取辅助措施进行降温，轻则会使体能下降，严重时会使内脏温度过高，甚至有生命危险。

除此之外，老田他们也给151灌喂自制的药酒和生鸡蛋。因为药酒能让牛兴奋，属凉性的生鸡蛋既可以补充能量，也可以辅助降低牛体内的温度。

最后的决赛就要开始，151的对手是云南红河的6号牛。151能坚持到最后吗？两头牛都把头压得很低，都在伺机寻找挑倒对方的机会。场上一时很难分出胜负。

但是151的身体某些特征却说明，它的体能和斗志似乎略占上风。

潘勇瑞：牛逃跑不逃跑主要看尾巴还摇不摇，另外看它的下身如果一缩，那就是马上要逃跑了。

此时，比赛已经进行了3分钟。

终于，151抓准一个机会，它率先抢到下面。

这一次它将6号挑了起来，但是6号并没有退却。

151继续施展它的绝技，6号再遭重创。

6号牛再也抵挡不住，最终败下阵来。

外貌并不起眼的151最终凭借着精湛的技术和优秀的体能夺取了牛王的宝座。这

赛前牛要得到充分休养

头比赛中的黑马最终坚持到了最后。对于老田来说，这其中的艰辛也许只有他能体会。

田兴华：我养了这个牛是很累的，每天最少花5个小时的时间在它身上。

对于这场比赛的另一个主角大象来说，它的命运也因此而改变。在赛后的第二天，老杨将它卖往了云南，接手大象的云南人说，大象的这次失利并不说明什么，毕竟它还很年轻，它巨大的体型内还有无尽的能量等待着释放。

（彭　韬）

蛟龙入海

CCTV10 中央电视台

这里是江苏无锡一处隐蔽的厂房，技术人员正在紧锣密鼓地忙碌着。眼前这个大家伙，看上去外形有些独特，像是一条鲨鱼，前面有两只机械手臂，还有三个圆形观察窗。这个庞然大物究竟是用来做什么的呢？

可能有些朋友知道，这个长得比较怪的东西名字叫蛟龙，它是我们国家自主设计制造、理论上能够下潜7 000米深处的载人深潜水器。目前，它创造的纪录是多少呢？是3 759米。目前，下潜深度最高的是日本，为6 500米。这样一艘深潜水器，它是如何被打造出来的？它的实际功能到底又是什么呢？

在我们人类生活的地球上，海洋面积占地球总面积的71%。其中，国际海洋面积占49%。随着人类文明进程的发展，陆地资源渐渐枯竭，人们逐渐把目光转移到海洋。

水下机器人1

海洋中600米以下已经是漆黑一片，然而丰富的矿产资源和珍惜的海洋生物足以让这片漆黑的世界充满生机。在几千米的大洋深处有被人们称为黑烟囱的热液硫化物。我们很难想象海底的黑烟囱温度竟然高达400摄氏度，热液硫化物带来的剧毒矿物还弥漫在海水中。然而令人惊奇的是，这样恶劣的环境下竟然也存活着美妙的生物，它们究竟有哪些独特的基因？这一直是海洋生物学家渴望研究的方向。

徐芑南，我国深潜领域的著名专家，曾经设计过多台水下机器人，这一次，年近七旬的他又担当起了“蛟龙号”的总设计。

徐芑南（专家）：黑烟囱的周围有很多金属，包括金、银都有。这些热液很有意思，周围还有生物。

在深海中还有一种多金属结核也是珍贵的宝藏，别小看这些其貌不扬像土豆一样的圆坨，它里面可含有锰、铜、钴、镍等多种金属，以锰的含量居多，也被称作锰结核。这些金属都是一个国家发展经济、军事所不可或缺的重要资源。

一些发达国家已经拥有了大深度的载人深潜装置，应用于各种深海活动。美国的阿尔文号因为最早发现了泰坦尼克号而最为出名，它的下潜深度是4 500米。日本的下潜深度为6 500米，是目前世界上下潜深度最深的深潜水器。法国、俄罗斯也都有6 000米级的载人深潜水器。然而，我国在深潜水器方面的研发一直比较缓慢，科技发展受到制约。作为一个拥有13亿人口的泱泱大国，该如何叩响这扇神奇的深海之门？

徐芑南：随着国际海底资源勘察的活动越来越深入，迫切需要有载人潜水器能够到海底进行勘察以及一些调查，特别是科学研究更是需要。

我国以前的海洋勘探主要依靠水下机器人进行，水下机器人分有缆和无缆两种，有缆水下机器人活动性差，适合定点作业；无缆水下机器人机动灵活，但是必须按照人设计好的程序工作，最大下潜深度达到6 000米。

可能有些朋友想知道，我们不是已经有了能下潜到6 000米深处这种无人驾驶的机器人，那干吗要人下去，多危险啊。这里举一个并不是很贴切的例子，就像我们可以从电视上欣赏到世界各地的风光片，可以免去旅途之中的鞍马劳顿以及你想象不到的意外等等，可是为什么每年还是有那么多人喜欢出去旅游，要亲自去看一看呢？恐怕您从电视里看的和实际的感受完全不一样。我们要进行科学研究，对于大洋深处人类几乎不可能涉足的地区，仅仅靠机器人去观察是不行的，必须靠人去亲自了解、亲自看，我们才会得出比较准确的一些科学试验数据。

蛟龙号被设计成鲨鱼的形状，有一种蓄势待发、纵横海洋的豪气。可以乘坐一名潜航员和两名科学家，通过3个观察窗口观察海洋世界。还有两只机械手臂和一个采样篮。

眼前这个完成好的蛟龙是经过几十家单位，无数个工程技术人员，历时8年才获得的成果。但是，组装完成还只是第一步，最终的成果还是要在海试中一见分晓。

2009年，蛟龙号终于走出水池要下水了，它真的能面对复杂的海洋情况吗？

按照操作规程，先从50米级的海试开始进行，其实这一次的主要目的并不在深度上，只是在水面上漂浮，主要看一看蛟龙号脱离缆绳入海之后，能否正常通讯。这次驾驶蛟龙号的是潜航员——叶聪。

蛟龙号1

叶聪（潜航员）：它没有真正地往水下潜，只是在水上漂浮，那一次实验，我们是测试无线电的通讯效果。

与海洋的第一次拥抱，蛟龙号就显得有些不适应。指挥部下达命令后，蛟龙号已经脱离缆绳，渐渐和母船拉开距离，直到在海面上消失。

然而这时候发生了意想不到的情况，指挥部再次发出指示却收不到任何回答。原本在水池试验中都调试好的通讯设备，怎么一到海里就失灵了呢？这可急坏了正在母船上指挥作战的总指挥刘峰。

刘峰（总指挥）：因为海水的背景噪音很大，周围的船又多，潜水器下到很深的地方以后，很安静，周围就没有什么噪声，以至于在50米的时候，我们的潜水器下潜了，但是没办法实现潜水器和母船之间的通讯。不知道潜水器在哪儿，听不到它任何的声音。

指挥部和蛟龙号联系不上，茫茫大海，潜水器在哪里不知道，舱内人员是否安全也不知道。此时此刻，同样焦急的还有坐在蛟龙号舱内主驾驶位置上的叶聪。

叶聪：船和潜水器之间的连接绳解开了，我们就在大海上漂。我当时在舱里面的任务就是不断去呼叫向阳红09，向阳红09，我是蛟龙，听到请回答，但是对方没有回

蛟龙号潜航员

答，我就简单地重复，按照我的操作规程，一直在保持呼叫。

另一边，母船上的所有技术人员也都在向一望无垠的大海中瞭望，寻找着蛟龙号的踪迹，同时也在不间断地呼叫。

经过一遍又一遍搜索，终于，指挥母船寻找到了已经在海上漂了两个小时的蛟龙号。

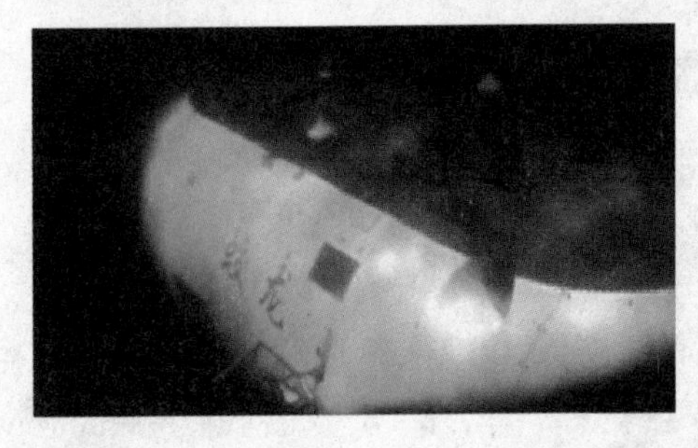

蛟龙号2

通过这次经历说明，对潜通讯成为横在技术人员面前的一大障碍，实现不了对潜通讯，没有听力的蛟龙怎能遨游海洋？技术人员对通讯设备进行改进，把原来的无线电通讯改进成国际先进的水声通讯，这项技术只有几个为数不多的国家掌握。有了水声通讯，蛟龙号就如同长了顺风耳，几千米的深海都能清楚听见来自指挥部的呼叫。

徐芑南：就是像电报一样，可以把指令、文字也传过来。

蛟龙号在远距离通讯上用到了水声系统，而海底作业也离不开声波，这就是声呐，它的上下前后左右还安装有成像声呐和碰壁声呐设备，声呐就相当于让蛟龙号长上了敏锐的眼睛。

即便是在漆黑一片的海底世界，即便是没有开灯，声呐系统也能准确地帮助驾驶员对前方的障碍物及时作出判断，船身两侧的声呐还可以对海底地形进行扫描和分析。

深潜水器能够到达深海必须依靠动力下潜，它本身带有的蓄电池可以保证它在水下不间断地工作12个小时，可如果几千米的下潜和上浮也依靠蓄电池的话，必然消耗它的能量，这将大大缩减蛟龙号在水下的工作时间。有什么办法做到不消耗动力的下潜方式？

蛟龙号摄像头

蛟龙号3

蛟龙号观察窗

徐芑南：我们基本上采用尽量省能量的这么一套办法。什么办法呢？水下东西都是浮体，是浮力跟重量之间的关系，重量大了，浮力小了，就往下沉了；浮力大了，重量小了，就往上浮了。

蛟龙号采用了国际上深潜水器统一使用的无动力下潜方式，每次根据人员的重量，配备了两组合适的压载铁，当重力大于浮力时，潜水器就可以像坐电梯一样匀速垂直下降。下沉到预定地点时抛掉一组压载铁，这时候重量和浮力平衡。返回的时候，再抛掉一组压载铁，当浮力大于重力，蛟龙就回到水面。

对于在深海中作业的蛟龙号来说，蓄电池即便没电还可以通过无动力的方式上浮，而真正可怕的是来自深海的巨大压力所带来的危险。

海水每下降10米，压力增加一个大气压，如果是下降7 000米，蛟龙号的每一个零部件就必须承受得住700千克的重压。

徐芑南：7 000米就是700大气压。一个平方厘米这么小的一块面积，比手指甲还稍稍再小一点，要受700千克的力。

这是一种怎样的力量，它可以迅速将一般我们常见的东西射穿、切断、压扁。蛟龙号必须保证在这样特殊的环境下还能正常作业，要知道驾驶舱里还有3名潜航员，如果舱内有一点进水，巨大的力量会迅速威胁到3名潜航员的生命安全。蛟龙号该采用什么材料解决抗压的问题？

徐芑南：我们用的是钛合金，它承受得起。

钛合金独特的抗压性成为蛟龙号外衣的首选。除此之外，蛟龙号很多零部件都需要安装在体外，工程技术人员要把蛟龙号所有的设备在压力桶里进行反复加压试验，模拟深海中的外压环境，以确保所有的设备性能都能够工作正常。最后所选用的材料才能接受深海的检验。

50米之后，蛟龙号又进行了1 000米级、2 000米级的海试。这只深海蛟龙在风浪间茁壮成长。在几次的海试中，蛟龙号完成了投放标志物、提取水样等工作。那么，它是怎样在水下工作的呢？

徐芑南：它要运动，要能够下去，也就是航行要稳定，而且它机动性要好，要能够转弯、上升、下降、左移、右移、前进、后退、回转这些方面的性能都要满足。

它前后左右一共有7个像螺旋桨一样的推力器，这就如同是让蛟龙长上了腿和脚。有了它们，蛟龙号虽然重达22吨，可在深海中却可以轻松自如地前进、后退、转身、移动、上浮和下潜。

准确到达预定地点，这时候就要看机械手的能耐了，蛟龙号前面两只机械手是水下作业的主要工具，别看它个头大，抓取样品可不在话下。但是，仅凭两只机械手还不能应对复杂的海底情况，它有专门的取样设备，通过潜航员的操作，无论是热液硫化物滚烫的液体，抑或钻取坚硬的岩心，它都如同探囊取物一样轻松。有了这些装备，它要往更深海洋前进。

2010年7月12日，向阳红9号载着蛟龙号再次起航，这次试验的项目是从来没尝试过的3 000米级的海试。

最后的下潜深度是3 757米，提取了生物样本，插上了国旗标志。2010年7月13日，蛟龙号又取得了3 759米的辉煌，实现了我国载人深潜史上的伟大跨越。从2009年蛟龙号第一次50米级的试水，到300米、2 000米、3 759米，蛟龙号共经历了37次的海上试验。当然，这一路走来并不是一帆风顺，离不开海试队员们的艰辛和努力，是他们见证了蛟龙号成长的点点滴滴。

叶聪是蛟龙号首席潜航员，在蛟龙37次的下潜中，有35次都是由他驾驶的。每当蛟龙号往漆黑的深海前进，气温在下降，压力在增大，每当突破一个新的深度的时候，他都是既兴奋又紧张。未来会发生什么都不可预知，所有的仪器设备都正在面临着新的挑战，然而这更是对驾驶员心理的挑战。

叶聪：我们潜航员在进入载人舱的时候，舱盖关上的一瞬间，首先要忘记害怕或者是担忧，要把整个精力投入在驾驶操作上面，这些害怕、担忧的情绪会影响到你的操作。我们都认为对于一个潜航员来讲，他的心理承受能力比他的身体承受能力要求还要高很多。

2011年7月，叶聪将再次驾驶蛟龙号

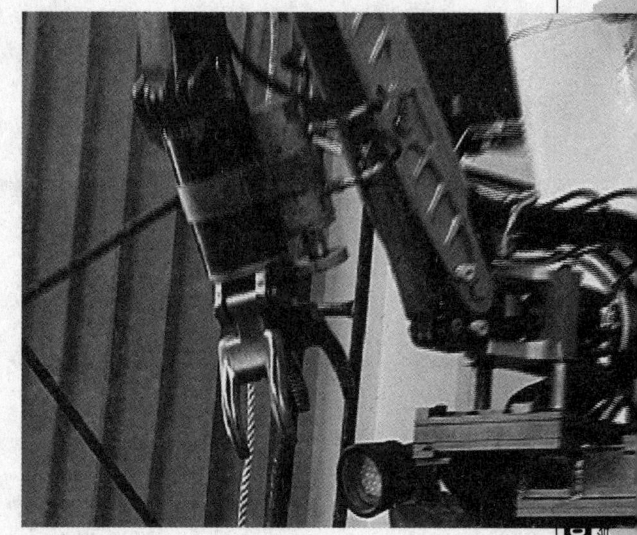

蛟龙号机械手

向 5 000 米发起新的挑战。这只深海蛟龙正带着祖国的期望，带着中国人对深海的向往，乘风破浪，勇往向前。

蛟龙是几十家单位多学科合作的结晶，十几年的时间终于让蛟龙深入到大洋深处，在2011年7月之后，蛟龙要实现自己一个突破，就是要突破5 000米大关，与此同时也要进入含有大量锰结核的海底进行勘探，以及相关的作业任务。今后如果一切顺利的话，也会到大家比较感兴趣的像热液区等地方进行作业，到那个时候我们中国人在生命起源这个问题上也会有属于自己的发言权，以及难得的非常宝贵的科学资料。

（李　媛）

粮仓护卫队

在人们的印象中，猫捉老鼠是动物天性，无可置疑，三千六百多年前，埃及人就开始驯化野猫来治鼠。但是如今生活在城市中的很多猫，它们是不会捉老鼠的，难道猫的野性已经慢慢丧失了么？究竟什么样的猫会吃老鼠？它们的动物天性可以被激发么？

56岁的尹师傅是大连储运贸易公司的一名普通员工，但由于一项特殊的工作任务，他成了各大新闻报纸争相采访的名人——他成了"猫司令"。这个称号是因为尹师傅能够训猫，他养的猫，无论在哪里，只要听到尹师傅的口哨声，就能立刻紧急集合，听从指挥。无论是分兵把守还是猛烈进攻，俨然一支精锐部队。

然而，就在粮仓护卫队逐渐成熟的时候，尹师傅生病住院了。一时间，猫群四散出逃，粮仓鼠患肆意。大病初愈的尹师傅回到粮仓，发现猫兵零散慵懒，根本不听指挥。

尹师傅（大连储运贸易公司员工）：住院半个月后，我回来看自己养的猫，有的瘦了，有的跑丢了。以前我一吹口哨，猫就全跑回来了，现在吹口哨，很多猫理都不理。

为什么短短的一个月，猫兵们已经忘记了猫司令的口哨，也不再记得自己的责任分工。尹师傅不在的这段

大连储运贸易公司粮仓外景

粮仓里的侦查猫，一有状况即刻出击

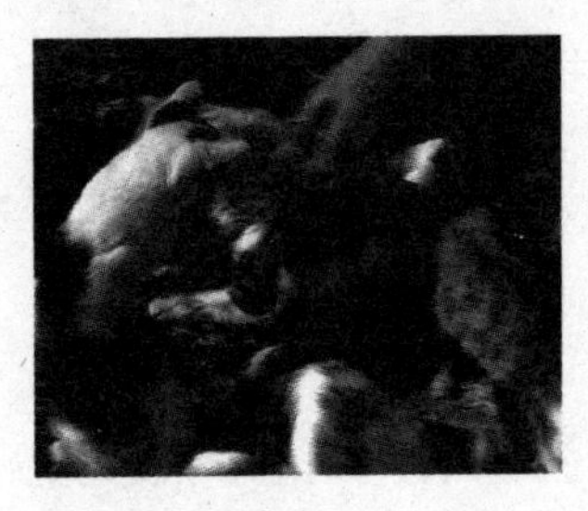
尹师傅喂小猫

时间，猫兵遭遇了什么？4年来辛苦训练的猫兵队伍怎么会在短时间内瓦解？

动物专家：猫和狗的驯化情况完全不一样，狗的话，一旦认主，终生对主人的认识都不会忘记，但是家养的猫，很多出去以后就不再回来了。

动物专家：猫的记忆力只能保持21天，在训练它的时候，可能需要花费很多时间，也不见得有成效。

猫是一种很慵懒的动物，长期的驯养和习惯一旦中断，就会很快忘记，这就意味着尹师傅四年多的努力又将回到起点。

大连储运贸易公司的综合库位于大连仓储区，储备的大部分都是出口的粮食。周围几十千米都是仓库，鼠患一直是粮仓最头疼的事。

张主任（大连储运贸易公司员工）：主要是药物（耗子药）灭鼠和人工灭鼠。采用药物灭鼠的话，存在药物残留的问题，如果跟着仓库的商品一起出口了，会带来很坏的影响。我们后来考虑使用猫灭鼠。

养猫的任务自然就落在了喜欢小动物的尹师傅身上。他和同事从动物市场买回来几只小猫，尝试着养养看。本以为养了猫，就可以高枕无忧，不再担心鼠患，可是谁知道这些猫一点都不听话，各干各的。

猫属于哺乳纲食肉目动物，有猎捕的天性，人们曾把它们和虎豹等动物相提并论，受到重视、崇拜；它们也时常被作为美妙、优雅、神秘和力量的象征。即使在被人驯养、有了依附关系后，它仍然对人保持着远高于犬类的警惕性。

动物专家：其实在生活中，猫是很难被驯养的。因为猫在各个方面，都会与人类和其他动物有一些区别。比如猫的个性，会让人觉得比较高傲、孤立，它不会听人的话。

难道真的没有办法让猫听话么？随着猫群数量的增加，尹师傅开始有意识地训练猫。如何让这些生性高傲、很难驯服的家伙听他的话，尹师傅费劲了心思。首先他想办法让猫熟悉自己，和它们建立信任。

尹师傅：我有时候弄个小球和它们耍耍，有时候拿根香肠逗逗它们。你和它们感情深了，它就听你的话，但是有的猫不管你怎么喂，根本就不听你的。

动物专家：经过长期跟人的接触，猫会慢慢地对人产生亲近感，能养成一些固定习惯，但是这个过程要很长。

食物诱惑是动物训练最直接有效的方法，尹师傅决定先用食物诱导猫。每天一大早，尹师傅就来到猫舍，给猫儿们做饭。上等的猫粮、新鲜的小鱼，是猫儿们每天的食材。美味的食物，配上自己的口哨声，这是尹师傅训练猫兵的第一步。

尹师傅：开始时我打口哨，猫就看看，根本不理。

尹师傅就是特意让猫儿形成习惯，把食物和口哨声联系在一起。

尹师傅：时间长了，它们熟悉我的口哨声了，我一打口哨，它们就知道我要给它们喂食了，就全跑过来了。

训猫第一步初显成效，尹师傅有了希望。他发现，平日里高傲不理人的猫，在饥饿的时候，会温顺好多。于是尹师傅适当地减少猫的喂食量，让猫儿始终保持在半饥饿的状态。这会儿他再吹口哨，养成习惯的猫儿们以为有东西吃，乖乖地听他指挥了。

他给反应快的猫一些奖励，就更能加深猫儿的记忆。

动物专家：人在喂食的过程中培养猫的某种习惯，时间长了，就能形成条件反射。

指挥、训练猫兵的工作才刚刚开始，尹师傅就遇到了难题。

猫不是群居动物，如果被人集中喂养，公猫与公猫因为地盘的争斗自是无可避免，猫兵之间的决斗时有发生。尹师傅利用这个特点，将猫群分为几只小分队，每队由一只公猫带领，划分区域训练。粮仓总面积有近15万平方米，这样不仅避免了猫相互打架造成伤害，同时也解决了猫兵分配问题。

尹师傅：有的猫很大很肥，但是它根本抓不了耗子，因为捕捉的过程中耗子会走躲，有些地方胖猫进不去，而且跑还不如小瘦猫跑得快。

这些是尹师傅长期观察得来的经验，根据猫的这些特点，尹师傅将猫兵分为巡逻队和潜伏队。巡逻猫一般都守在垛子上，来回侦查巡逻，防止老鼠跑出来糟蹋粮

粮仓里的侦查猫正在蹲守

食。潜伏猫一般都藏在粮垛里面，一旦发现状况立即出动。

尹师傅告诉记者，平常它们能看到的基本上都是巡逻猫。

尹师傅：巡逻猫先听有没有动静，有动静它就在那里等，耗子出来尿尿或者找水喝，一出来就给抓了。

经过几次实战，猫兵们保护粮仓已经游刃有余，它们渐渐学会享受战果。

尹师傅：一般来说，它们捉到耗子的话，就会叼回来给我看。

猫兵对死老鼠并不感兴趣

大连储运贸易公司员工：这是老鼠盗的洞，之后在这儿做的窝，现在这窝的位置开始从垛位往高处转移了，因为养了猫之后，能抓掉一些老鼠，老鼠窝现在就逐渐往上转移，现在老鼠相对来讲也少了。

看来激发动物野性需要技巧。尹师傅训猫有了一定的经验，却发现有些猫虽然听话，却不敢捉老鼠，见了老鼠还会怕。这又是怎么回事啊？原来，尹师傅养的猫有些是亲戚朋友送给他的，从小在家丰衣足食惯了，从来没见过老鼠，根本不知道老鼠是什么样的，所以见了老鼠会怕。这怎么行？

刚刚开始训练的小猫

为了训练个别胆小的猫，尹师傅找来一些冻死饿死的老鼠给它们玩，让猫适应老鼠的气味。但猫儿们对这个玩具不太感兴趣，玩了一会儿就跑了。然而不可否认的是这项训练让猫对老鼠不再陌生。

训猫成功的喜悦还没有持续多久，粮仓护卫队就遭遇了沉重打击。猫兵逐个生病，且病情发展速度很快，死亡的阴影笼罩着粮仓。

尹师傅：我不懂怎么给猫治病，很多猫就病死了。

动物生病很难发现，一些细微的症状没有及时处理，稍不注意就会造成死亡。尹师傅没有经验，也不懂医治，他就去附近的动物医院求助，并学习基本的动物疾病防治。

尹师傅：后来自己摸索着给猫治病，猫不舒服，它就会不吃食、少喝水，这就证明猫有病。

每天早上，尹师傅首先挨个检查猫咪的健康状况。发现不舒服的，尹师傅就自己给它们治病，打针、吃药。在他的办公室里，有很多猫吃的药、注射器，这里就是简陋的猫兵医院。

尹师傅：这个屋子像病房一样，有时会住十只八只猫，给它们喂食、治病。要是猫发热的话，就是感冒了。

兽医：这是一个最简单的判断方法，如果猫的鼻子是湿的，而且比较凉，说明即使是生病了，也是刚开始的阶段，还没有到严重的程度，一旦摸猫的鼻子是干的，而且比较热，说明猫在发烧，或者是不舒服，用这种方法判断疾病，只知道猫不舒服，病了，但不知道什么病。

尹师傅：有时候你不知道猫感冒了，它就自己跑到我门口来了。我问它什么事，它就跟我上来了，我就感觉它有病。

猫兵治好了，尹师傅有些自责，他想要弄清楚猫兵为什么容易生病。然而，猫儿的一个极平常的行为，让他有了头绪。

尹师傅：在仓库里养猫，仓库地面都是水泥地，但是猫不见土肯定是不行，让猫见土的话，一般就不会得病。

动物专家：猫这种动物就是半野生的，对土地和草地更适应一些，水泥地相对比较硬，比如说猫的脚垫，会有所损伤，而且冬天会比较凉，或者夏天下雨比较潮湿的时候，猫趴在水泥地上容易得皮肤病，还是土地相对好一些。

了解到这个情况后，尹师傅经常带着猫兵去粮仓周围的田地里活动，好让猫儿们吸收一些矿物质，又能磨磨

猫兵跟随尹师傅

爪子。果然猫兵生病的少了。可是尹师傅是怎么发现这一重要原因的呢？

动物专家：猫有一个很好的习惯，排便、排尿需要有沙土的地方，它会在排便之前挖一个坑，排完再盖上，这是一个很好的习惯，一般不会污染家里的粮食。

粮仓新一代的小猫都陆续出生并逐渐成长起来。这时候建立情感最为牢固，训练也更有效。尹师傅花大量时间和小猫玩耍，亲近它们。

记者在小猫宿舍看到颜色鲜艳的玩具，这些可不是光为了好看好玩，最重要的是要训练小猫的爪力。尹师傅还特意从市场上买了几只毛绒玩具老鼠，用来训练小猫的反应速度和捕捉能力。起初，小猫被眼前差不多跟自己脑袋一般大的怪物吓坏了。慢慢的，有一两只胆大的小猫前来试探……很快，它们都不害怕了，蹦蹦跳跳玩得很开心。

等小猫再长大一些，就要进入实战训练阶段了。尹师傅将小猫带到地形复杂的粮跺底部，用捉来的活鼠进行训练。尹师傅先用绳子拴住老鼠，等小猫熟悉了再松开。刚上战场的小猫起初有些慌乱不知所措。

但很快，天性好动贪玩的小猫就把眼前的这只大老鼠当做玩具了，跟老鼠周旋着。这只被困的老鼠早就魂飞魄散了。不一会儿，小猫们的野性就激发了……在这个尹师傅精心设计的训练场，一场期待已久的猫鼠大战即将上演。

半年以后，这些小将个个都是捕鼠高手。

跟猫兵的朝夕相处，尹师傅打心底里喜欢上了这些可爱的小动物。每天他都带着猫兵巡逻、换岗，陪猫儿玩、聊聊天。时间长了，高傲冷漠的猫儿也将他当做很好的朋友。

尹师傅：有时候早上6点钟我就过来了，它们会到这里等我，听到我脚步就喵喵叫。有的猫一早就在门口等我，就一天，它老在这儿。

如今尹师傅走在粮仓里，看着眼前四

尹师傅用毛绒玩具训练猫兵

散零落的猫兵，4年的心血就在短短一个月回到起点。尹师傅有点伤心。大病初愈的尹师傅投入新一轮的猫兵训练中，粮仓又响起了猫兵集结号……

现在城市里有一种摄影发烧友，他们闲暇时间喜欢拍照片，可他们拍得不是人，而是动物。陶峥是北京小有名气的动物摄影爱好者，他经常给小猫小狗拍照，他拍摄的动物照片曾多次获得过摄影奖。

作为动物摄影师，要表现动物的体型外观、表情神态、动作等，除了需要具备画面捕捉能力，更重要的是让动物像人那样，对着镜头做出各种姿势和表情。

猫时而顽皮好动，时而慵懒任性，它们特有的孤傲清高的个性，浑身散发着一种神秘、优雅的气质，这吸引了很多摄影师给它们拍照，但是让胆小好动的猫对着镜头不乱动，实在不容易。

猫和狮、虎、豹同属于猫科类动物，自古以来就被人们视为猎手而尊崇、喜爱。在大自然中，它们因强壮凶猛而成为百兽之王。但奇怪的是，我们在马戏团经常能看到凶猛的老虎、狮子在驯养人的指令下表演，却从没看到过猫表演。

因为猫的记忆力只有21天时间，而且猫一天中有14~15小时是在睡眠中度过的，有的猫，甚至要睡20个小时以上，所以它们总被称为“懒猫”。这也是猫很难被训练的原因。

粮仓新来的波斯猫

陶峥：一般情况下，我可以让猫做到完成拍摄所需的规定动作，比如说上树干、挠小箱子，或者挠一些小玩具，而且可以让它们站出像狗那样的标准站姿，具有昂首挺胸的感觉。

这次的猫模特是个新手，它叫小米。今天是它第一次跟陶峥合作拍自己的写真。眼前的摄影器材对它来说还有点陌生。今天的拍摄地点是一个街心公园，春暖花开的季节，游人较多。小米观望着眼前的一切，有点害怕。

陶峥耐心地抚摸小米，给它顺顺毛，陪它玩。经过一番沟通，小米慢慢放下戒心，跟他合作起来。

猫兵巡逻

刚被送来的流浪猫躲在笼子里

巡逻猫正在粮垛周围巡视

粮仓猫兵捉鼠瞬间

陶峥：当然和猫沟通有技巧，首先需要爱心，一是根据训练人的方法，还有一个是根据猫自身的性格，第三就是看你们之间的信任程度，能够训练猫模特的陶峥，目前是国内TICA纯种猫协会的组织人，陶峥和他的朋友们一起为救助流浪动物做了很多事。

由于猫天性孤僻喜独居，很难对人产生归属感。在人们的生活中，流浪猫随处可见，小区、公园、马路边，总有流浪猫的身影。它们平常靠捡拾生活垃圾和捕食城市野

猫兵叼着老鼠

猫兵蹲守

生小动物为生，偶尔会有人喂养。如何救助流浪猫成为大家关心的事。

陶峥：我们就想到一个方法，给收集来的流浪猫先做身体检查，但是我们无法一直养着它们……

听说大连粮仓的尹师傅征集猫兵治鼠，陶峥希望自己的养猫、训猫经验可以帮到尹师傅。其实陶峥和尹师傅训猫有异曲同工之妙。

尹师傅：现在我准备养150只。

处于大连仓储区的大连储运贸易公司综合库，面积15万平方米，周围20千米以内都是仓库，是老鼠生存的绝佳环境。鼠患一直困扰着粮仓，粮仓每年的粮食存储量有几百万吨，而被老鼠糟蹋的粮食就有几十吨，损失很大。自从粮仓创建了猫兵队伍，老鼠明显少了，被老鼠破坏的粮食也少了。

但是老鼠的繁殖能力极强，一只成年老鼠平均每胎可生6~12只，一年可繁殖4~6次，小老鼠两个月后就可以产仔……尹师傅目前的猫兵数量还远远不够保护整个粮仓，于是粮仓向社会征集猫兵扩充队伍。

如今，一些老兵渐渐退出一线，加上有些猫兵患病死亡等，猫兵数量不够，于是粮仓决定向社会征集流浪猫。

粮仓征集猫兵的消息一出，很快就得到响应，前来送猫的人络绎不绝。每天都有新成员加入猫兵队伍，粮仓一下子热闹起来。但是粮仓没想到，收养训练流浪猫太不容易了。

张主任：当时也是一个偶然的机会，考虑到现在流浪猫比较多，我们就给记者打过电话，没想到当时就给登报了，说我们这儿需要猫，社会上各方面都送来很多猫。

大连有一个动物保护组织，听到粮仓征集猫兵的消息，他们第一时间和粮仓取得联系，通过他们的组织，向社会收集更多的流浪猫，定期送往粮仓。

在记者拍摄当天，正好遇到两位前来送猫的大姐。她们听说粮仓征集猫兵，就决定把自己家养的八只猫都送到这里接受训练。她们之前来粮仓考察过很多次，考量再三，今天才把猫送来。

粮仓的征兵工作大张旗鼓地进行着，不到一个月，粮仓就征集到猫兵一百多只，看着这些新鲜面孔，尹师傅既开心又担忧，今后等待他的将是更加复杂的训练任务。

新来的猫兵大多数都是城市的流浪猫，其中有几只名贵的波斯猫，这是粮仓没有想到的。波斯猫被称作是猫的贵族，它是以阿富汗的土种长毛猫和土耳其的安哥拉长毛猫为基础，在英国经过一百多年的选种繁殖，于1860年诞生的一个纯种猫品种。波斯猫有一张讨人喜爱的面庞，蓝而深邃的目光，优雅的举止，故有“猫中王子”、“王妃”之称。

可是像波斯猫这种名贵猫种会捉老鼠么？尹师傅能将其训练成捕鼠高手么？

猫喜欢独居，向来我行我素，流浪猫更是长期过着流浪生活，动物野性较强，对人的戒备心也较大。对于尹师傅的训练，它们十分不满。

尹师傅：很多猫都不吃不喝，往外跑。先把它们关上一阵子，看着不行就赶紧放了，不然它们的小命就不保了。

这种情况是尹师傅训猫4年来没有遇见过的，如何跟收来的流浪猫建立信任、增进感情成为他最大的困惑。于是尹师傅想到向其他养猫人请教。

其实要说到训猫，尹师傅不是第一个，早在几年前，就有一位姓刘的师傅也通过训练猫来灭鼠。老刘成功驯猫的方法称为典范，已经多次被人效仿。

老刘是鼎祥米业的一位老员工，他在米厂里处处受到敬重——因为他负责的训猫工作极为重要，并且无可替代。老刘走到哪里，都俨然一副群猫跟随的猫王模样。这在相对封闭的米厂里，不能不说是一道风景线。

老刘：我一吹口哨，猫就出来了。

记者：它待在这呢！

老刘：你看我还可以让猫听我指挥做动作，它还可以再上去。来，来，猫，猫。又上来了，你看它负责的就是这3个门口。

在库房内各个角落，这样的猫还有很多只，老刘管它们叫做潜伏猫。将猫兵分兵种训练是老刘训猫的特点。潜伏猫是猫群里最厉害的角色，平日沉着冷静紧盯潜伏，一旦发现老鼠，便现身将其捕获。这些捕鼠高手是如何训练出来的？会不会给尹师傅一些启示。

起初，没有养过小动物的老刘根本不懂得如何训猫。但老刘一直有一个爱好：钓螃蟹。盘锦是有名的大米之乡，同时也是稻田产蟹之地。田边垂钓，在他看来惬意而又简单。只要把螃蟹喜欢吃的小鱼放在吊钩上，螃蟹没有不乖乖上钩的。

于是老刘开始尝试，先让猫闻闻瓶子里的猫粮，然后盖上盖子，摇晃出声音。让猫跟着这个声音，做出反应，反应优先者将会得到食物的奖励。训练了一个多月，猫群听到小瓶子摇晃的声音便会呼呼而来。

老刘训猫最值得骄傲的就是定点训练。如何能让一只猫乖乖地待在嘈杂的库房内，不随意乱窜、担任好潜伏工作呢？方法，其实还是食物。

老刘：头一回去引诱它，放点食物搁那儿了，它吃了得到甜头了，下回你还给它两粒小猫粮，它吃完以后就记住了。

这个时候的刘师傅有意开始控制，只在小猫将来需要站岗的位置上给它喂食。从而让它对这个位置产生强烈依赖和记忆。在老刘细致周密的训练下，潜伏兵不用多久就能上岗了。这种训练主要是通过食物诱引，让猫形成条件反射，继而激发猫捕捉猎物的天性，用来消除鼠患。

尹师傅将老刘驯猫的方法实践于流浪猫训练中，发现这对流浪猫却并不管用。长期的流浪生活让流浪猫形成很强的戒备心，尹师傅发现它们对使用的器具十分

巡逻猫在粮仓外巡逻

专一，如果前几次都用一个盘子喂食，以后它就认定了这个，再换其他的就会绝食。

猫兵围困老鼠

就在他为此心烦的时候，更大的问题来了。新来的猫兵相继出现呕吐、发烧流鼻涕的症状，起初尹师傅以为是感冒，给生病的猫兵打针吃药，但病情却没有好转，不断有猫死去。心急如焚的尹师傅决定带着小猫去医院看病。

医生了解症状后，对小猫进行测体温、听诊等简单检查。初步断定是由病毒性传染病引起的。

医生：这种情况可以排除猫瘟，猫瘟的症状就是吐白沫、吐黄沫或者胆汁，但是现在主要症状是拉稀。

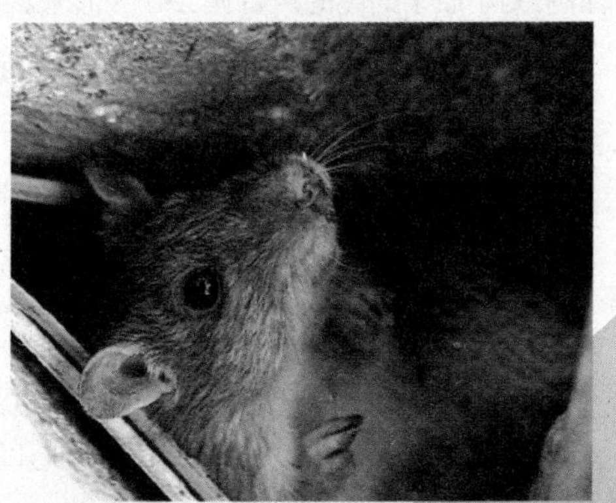
被围困在石缝中的老鼠

猫瘟又称猫泛白细胞减少症，呕吐是最主要症状。疫苗接种不全或未接种的猫容易得猫瘟，尤以3~5个月龄的幼猫最多。一般通过排泄物传播，传染性极高。因为猫是忍耐力很强的动物，在猫瘟的初期可能不容易察觉，表现为精神不好、睡眠时间过长，食欲下降、流口水等征兆。

医生：猫瘟，对猫是一种致命伤害，猫一旦得了猫瘟，就会传染给所有的猫。

小猫需要做进一步化验、检查，才能诊断是否感染了猫瘟。尹师傅这回心里十分紧张，如果小猫兵真的传染了猫瘟，那么粮仓的猫兵将无一幸免。

医生：现在化验结果已经出来了，是阴性，没有猫瘟感染。这种情况一般是上呼吸道、急性气管炎等。

这一刻尹师傅轻松了很多，几天来悬着的心终于可以放下来了。

回到粮仓，尹师傅依照医生的建议，给小猫兵打针、喂药、补充营养，并将生病的猫兵进行隔离治疗，定期观察。尹师傅的办公室就成了猫兵医院。

在尹师傅的悉心照顾下，新来的猫兵们渐渐都恢复了健康。在这个过程中，流浪猫和尹师傅建立了信任，猫儿们不再害怕，有人接近的时候，不会立刻逃走。但是要它们听指挥，还不是时候。

流浪猫一般攻击性都比较强，混养很难避免猫相互打架、争食的情况，往往家养猫都不是流浪猫的对手。尹师傅决定将新送来的流浪猫单独进行训练。他把流浪猫带到相对空旷的粮仓周边，这里没有人来人往，猫儿们可以安心练习。

令尹师傅没有想到的是，流浪猫训练和原来的猫兵训练不太一样。流浪猫对尹师傅精心准备的训练道具不感兴趣。尹师傅想到了之前训练猫兵的实战训练法——用老鼠。这一下子激发了流浪猫的野性，叼着老鼠就跑了。

新生小猫玩毛绒玩具

流浪猫在外面经常食不果腹，为了生存，它们还保留着捕食的天性，因此尹师傅对流浪猫采取开放式管理，让它们有足够的自由，发挥捕鼠潜能。

医生：老鼠体内含有一种物质牛磺酸，因为猫自身不能形成，只能通过外界补充。比如说多种维生素，其实这是营养均衡的，虽然老鼠个体很小，但是它是一个完整的生物体，比如肝脏、肾脏、心脏、肌肉、血液、皮毛等器官，这些东西里面都含有猫正常新陈代谢所需要的物质，不需要额外补充一些物质。

由于流浪猫本身具备很强的猎捕能力，尹师傅训练流浪猫很快就取得了成效，它们已经开始保护粮仓。

但是训练波斯猫并不顺利。由于波斯猫是纯种猫，反应相对迟钝些，训练反反复复很多次才有点效果，这考验的

新生小猫在猫舍玩耍

不仅是波斯猫，还有尹师傅的耐心，但是尹师傅相信不久以后，这只猫也能加入猫兵队伍。

粮仓的尹师傅还在继续训练征集来的流浪猫，尽管它们具有捕捉猎物的能力，但是长期流浪惯了的这些猫们，对于粮仓的统一化管理不太适应，送来的猫兵不断流失。流浪动物一直是个问题，在此我们也希望大家用收养来代替购买，保护流浪动物。